Return
Avenger
귀환해서
복수한다

귀환해서 복수한다 2

홍성은 장편소설

초판 1쇄 찍은 날 § 2016년 6월 22일
초판 1쇄 펴낸 날 § 2016년 6월 29일

지은이 § 홍성은
펴낸이 § 서경석

편집책임 § 이지연

펴낸곳 § 도서출판 청어람
등록번호 § 제387-1999-000006호
등록일자 § 1999. 5. 31
어람번호 § 제1-2467호

주소 § 경기도 부천시 원미구 부일로 483번길 40 서경B/D 3F (우) 14640
전화 § 032-656-4452 팩스 § 032-656-4453
http://www.chungeoram.com
E-mail § chungeorambook@daum.net

ISBN 979-11-04-90863-7 04810
ISBN 979-11-04-90861-3 (세트)

Return
Avenger

귀환해서
복수한다
2

도서출판 청어람

C O N T E N T S

Return Avenger

귀환해서 복수한다

10장

훈련(2)

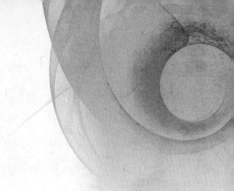

"처음에는 다 그렇죠, 뭐."

오연화가 별 긴장감도 느껴지지 않는 목소리로 그렇게 말했다. 크로코리언은 허공에 둥실둥실 뜬 채 영문을 모르겠다는 듯 눈만 끔벅이고 있었다. 오연화가 염동력으로 붙잡아 공중에 매달아 둔 탓이었다.

"마무리하세요, 언니."

"아, 네!"

반말을 쓰기로 했으면서 이지희는 자기도 모르게 오연화에게 높임말을 썼다. 쾅! 조금 전보다 굵은 번개가 크로코리언을 내리찍었고, 마수는 그대로 절명해 버렸다.

"두 번 더요."

되살아나기 시작한 크로코리언에게 더욱 굵은 번개가 덮쳤고, 이번에는 한 발만으로 크로코리언을 죽일 수 있었다.

"마지막 한 발!"

오연화가 신나서 외친 신호에 맞춰서 이지희는 번개를 내뻗었다. 아마도 이지희에게 있어서는 최대 출력일 번개가 크로코리언을 덮쳤다. 쾅! 어찌나 강력한 번개였던지, 내리쳐진 지면에 잔류전류가 지지직거리며 푸른빛을 번쩍이고 있었다.

"헉, 허억……!"

이지희는 어깨로 숨을 몰아쉬고 있었다. 얼굴은 식은땀으로 젖었는데 아마도 얼굴만 그런 건 아니리라.

이론적으로는 C급 어벤저인 최재철도 혼자서 처리할 수 있는 크로코리언인지라 이지희는 좀 더 쉽게 처리해야겠지만, 아무래도 경험과 숙련도의 차이는 역력히 드러나고 말았다. 처음치고는 상당히 잘한 편이었지만, 이지희의 표정은 그리 좋지는 못했다.

"지희 씨, 혹시나 해서 말해두지만 최재철 씨가 이상한 겁니다."

이지희의 그런 표정에서 그녀의 생각을 읽어낸 듯, 현오준은 그런 말을 그녀에게 던졌다.

"맞아요. 재철 님은 진짜 이상하다니까."

오연화도 그렇게 말하자, 이지희는 어렵게 웃음을 지었다.

"…그렇죠? 제가 괜히 스승님으로 모시는 게 아니라니까요!"

"아니, 사람을 앞에다 두고 무슨……."

최재철은 헛웃음을 지었다. 어쨌든 덕분에 이상해질 수 있었던 분위기를 환기시킬 수 있었다. 같이 웃고 있던 현오준이 웃음을 멈추고 다소 진지한 목소리로 이지희에게 물었다.

"지희 씨, 계속하실 수 있겠습니까?"

"조금만 더, 다음에는 더 잘할 수 있을 거 같아요!"

이지희는 의욕을 되찾은 듯 그렇게 외쳤다. 그 말을 들은 현오준이 고개를 끄덕였다.

"그럼 조금만 더 해보죠."

"네!"

＊　　　＊　　　＊

이지희는 오연화의 도움을 받지 않고 크로코리언 한 마리를 처치해 냈다. 그런 성과를 낸 대가로, 그 자리에 제대로 설 수 없을 정도로 지쳐 버리고 말았지만 말이다. 무릎이 풀려 그 자리에 주저앉은 그녀는 땀으로 흠뻑 젖어 있었다.

"저, 지금, 제 몸에서 냄새날 것 같아요……."

그래도 정신적으로는 여유를 되찾은 건지, 이지희는 그런 농담을 먼저 던져왔다.

"그럼 오늘은 여기까지 하도록 하죠."

그녀의 농담을 들은 현오준도 부드럽게 웃으며 말했다.

"어차피 이 이상 잡으면 헬기로 옮기지도 못해요."

오연화가 툴툴거리며 그런 말을 던졌다. 그도 그럴 만했다. 그들 앞에는 어보미네이션의 시체가 산더미처럼 쌓여 있었다.

"그거야 따로 수송부 인원을 부를 거니 괜찮습니다."

현오준은 태연하게 웃으며 대꾸했다. 리자드독이 서른 마리 가까이, 크로코리언은 열 마리가 훌쩍 넘었다. 어차피 이미 헬기 한 대로는 옮길 수 없는 중량이었다.

"오늘 훈련은 상당히 성과가 있어서 기분이 좋습니다. 물론 정산 금액도 기대하셔도 좋을 테지만, 그보다는 별문제 없이 실전 경험을 쌓은 게 좋군요. 다만, 차원 균열 안에 들어가기 위해서는 팀 전체가 좀 더 효율적으로 움직일 필요가 있을 겁니다. 다음 훈련 계획은 그런 점을 의식하면서 짜보도록 하겠습니다."

현오준이 팀장으로서 오늘 훈련을 자평했다.

"자, 그럼 이만 정리하고 돌아갑시다."

"네!"

지금까지 푹 쉬고 있었던 구문효의 목소리가 가장 활기찼다. 최재철은 쓴웃음을 지으며 구문효를 바라보다가, 갑자기 고개를 차원 균열 쪽으로 휙 돌렸다. 그 행동을 취한 건 최재철뿐만이 아니었다. 오연화도 즉시 반응했으며, 현오준이 한 타이밍 늦게 반응했다.

"뭐, 뭐야?"

구문효가 영문을 모른 듯 같이 차원 균열 쪽에 시선을 던졌다. 완전히 지쳐서 고개를 떨어뜨리고 있던 이지희도 고개를 들었다.

차원 균열 쪽에는 아무것도 없었다.

"나와!"

그러나 최재철이 벼락처럼 외쳤다. 방금 전까지 디코이 역할을 하느라 차원 균열 쪽에 가장 가까이 서 있던 현오준은 그 외침이 끝나기도 전에 땅을 박찼다. 그 순간, 현오준이 지금까지 서 있던 지점의 땅이 쾅 하는 소리와 함께 파였다.

"연화 씨!"

"네!!"

현오준의 외침에 오연화가 즉시 염동력을 내뿜어 적의 움직임을 저지했다. 그 염동력의 일렁임을 보고 그제야 구문효가 적의 정체를 깨달은 듯 외쳤다.

"인비지블 비스트!"

그렇다. 투명 마수다. 자신의 몸을 투명하게 만드는 능력을 갖춘 마수. 투명 마수는 능동적으로 차원 능력을 사용할 줄 아는 A급 어보미네이션이다.

'지구에서는 인비지블 비스트라고 하는 모양이로군. 별로 다르지는 않네.'

최재철은 속 편하게 그런 생각을 했다. 그러나 사실 상황은 좋지 않았다. 투명 마수의 능력이 단순히 몸을 투명하게 만들 줄 아는 게 전부였다면 A급 판정을 받지도 못할 터였다.

투명 마수의 모습은 두 배쯤 되는 거대한 표범 같다. 표범과 가장 다른 점은 등에 흡판이 달린 네 개의 촉수를 갖고 있어서 이걸 채찍처럼 날려서 공격하거나 멀리 있는 먹잇감을 낚아챈다.

원래부터 대형 고양잇과에 비견될 만한 신체 능력을 가지고 있는 데다, 차원력으로 이를 더욱 강화시킬 수 있는 능력까지 갖고 있다. 그 구조상 별 위력이 없어야 하는 촉수로 치명적인 공격을 가해올 수 있는 이유가 여기에 있다.

방금 전, 현오준이 서 있던 곳의 땅을 보면 그 위력을 명확하게 확인할 수 있었다. 지뢰라도 폭발한 듯 사람 머리통만 한 구덩이가 패여 있었다. 인간이 맞으면 몸에 저 구덩이가 생기리라.

'최재철의 능력으로 저걸 처치하는 건 무리야.'

투명 마수는 자신이 잘 보이지 않는다는 점을 이용해 긴 촉수로 멀리서부터 사냥감에게 생채기를 낸 후, 빈틈이 보이면 단번에 달려들어 물어뜯는 공격을 한다. 그리고 위협을 느끼면 그 자리에 실체가 있는 분신을 남겨두고 도망친다.

그 자체로 강력하기도 하지만, 경계심과 겁이 많아 사냥하기 까다로운 마수로는 첫손가락에 꼽힌다. 겁을 줘서 쫓아내는 것 정도는 지금도 가능하지만, 일단 차원 균열에서 기어나온 투명 마수가 다시 차원 균열로 돌아갈 리가 없다.

도망치게 내버려 두면 반드시 큰 인명 피해를 낼 터였다.

'잡아야 해!'

최재철은 주먹을 꽉 쥐었다. 다행히 여기에는 그 혼자만 있는 게 아니다. A급인 현오준에 S급인 오연화도 있었다. 최재철은 비록 C급이지만, 차원 마수의 모습을 확인할 수 있었다.

'갑자기 각성했다고 치자. 지금은 어쩔 수 없어.'

정체를 숨기는 것보다는 투명 마수를 처치하는 게 중요하다. 최재철은 그렇게 결론을 내렸다.

"연화 씨!"

"꺄악!!"

현오준이 놀라서 오연화에게 달려들었다. 오연화는 비명을 질렀다. 현오준이 오연화와 투명 마수의 사이를 끼어들어 공격을 대신 막아주었다. 현오준은 다행히 차원력으로 자신의 몸을 보호한 덕에 별 피해를 받은 것 같지는 않았다.

투명 마수가 비릿한 미소를 짓는 것이 최재철에게는 보였다. 본래대로라면 보이지 않았어야 했겠지만, 투명 감지 능력을 기본적으로 활성화시키고 있는 덕이었다.

저 미소는 투명 마수가 현오준 팀의 전체보다 자신이 더 강하다고 생각했기에 지은 것이리라.

무리도 아니었다. 아무리 오연화가 S급이라지만 기습에 약한 염동력 차원 능력자라, 투명화로 몸을 숨기고 촉수로 원거리에서 기습을 하는 게 특기인 투명 마수와는 상극이었다.

투명 마수의 눈이 돌아가는 것이 보였다. 가장 강한 차원력을 지닌 적이 염동력으로 자신을 완전히 막아낼 수 없다는 걸 알게 되자마자, 투명 마수는 다수의 차원 능력자를 상대로도 사냥할 생각을 굳힌 듯했다.

그 목표물은 여기서 가장 약한 최재철이었다.

'나만 낚아채고 빠질 셈이로군.'

일반적으로 생각하자면 가장 합리적인 판단이기는 했다. 최재철이 김인수라는 점만 제외하면 말이다.

'차라리 잘됐어. 그럼 최재철의 능력으로도 어떻게든 대응이 가능하겠는데?'

자신을 휘감기 위해 날아오는 촉수를 피하며, 최재철은 생각했다. 그가 촉수를 피하자 투명 마수는 재미있다는 듯 웃었다. 저 괴물에게 지성과 감정이 있다는 증거였다.

마치 시험이라도 하듯, 투명 마수는 이번에는 두 개의 촉수를 내뻗었다. 하나는 똑바로, 다른 하나는 땅을 훑으며. 그걸 본 최재철은 지면을 탕, 하고 찼다. 그의 몸이 쏜살처럼 투명 마수를 향해 날았다. 투명 마수가 놀라서 대기시켜 둔 다른 두 촉수를 급히 내뻗는 것이 보였다.

놀랄 만도 했다. 여기서 가장 미약한 차원력을 지닌 상대가 투명한 자신의 위치를 정확히 간파하고, 공격마저 피하는 데다 도망치지도 않고 오히려 자신을 향해 달려드니 말이다. 그래도 아직 마음속에 빈틈이 남은 건지, 도망칠 생각은 없어 보였다. 최재철에겐 다행이었다.

최재철은 다시 한 번 땅을 박차 몸의 방향을 크게 틀면서 외쳤다.

"오연화! 붙잡아!!"

투명 마수는 네 개의 촉수를 모두 뻗었다. 그 말인즉슨, 오연화가 투명 마수의 공격을 대비할 필요 없이 모든 집중력을 공격하는 데 투자할 수 있다는 뜻이었다. 거대한 염동력의 손아귀가 투명 마수를 향해 날았다. 투명 마수는 놀라서 뒤로 뛰려고 했지만, 이미 늦었다. 붙잡았다!

크로코리언도 으스러뜨리는 염동력의 손아귀로 투명 마수의 숨통을 끊기 위해 오연화는 집중했지만, 차원력으로 신체 능력을 강화시킬 수 있는 투명 마수의 몸은 그리 쉽게 으스러지지 않았다. 오히려 힘을 주어 그 손아귀에서 빠져나가려고 하자 그 모습을 본 현오준이 외쳤다.

"구문효! 이지희! 쏴!!"

"어, 어디요?!"

두 사람에게는 투명 마수의 모습이 여전히 보이지 않는 모양이었다. 하기야 그게 정상이다.

최재철은 몇 분 전에 잡은 크로코리언의 시체로 다가가 그 목을 확 뜯어내었다. 죽은 지 얼마 되지 않은 크로코리언의 머리에서 시커먼 혈액이 뚝뚝 떨어졌다. 최재철은 그 목을 투명 마수에게 휘둘러 피를 끼얹었다. 그 피도 투명 마수에게 닿자마자 투명해져 버렸지만, 부자연스러운 윤곽이 그 자리에 남았다.

더 이상의 설명은 필요하지 않았다.

"하아아아압!"

구문효의 최대 출력된 빛의 칼날이 투명 마수에게 날아들어, 그 목을 잘라 버렸다. 꿈틀거리던 투명 마수는 곧 절명해 축 늘어졌다. 그러나 그걸로 끝이 난 것은 아님을 여기 있는 모두가 알고 있었다.

"이지희!!"

"네!"

이지희의 전력을 다한 번개가 투명 마수에게 내리꽂혔다.

쾅!

되살아난 투명 마수의 몸에 전격이 작렬했다.

이지희의 뇌전은 비록 위력이 모자라 움직임을 멈추게 만드는 데 그쳤지만, 그걸로 충분했다. 더 이상 반항을 하지 못하는 투명 마수의 몸이 이미 염동력의 손아귀에 의해 우그러뜨려지고 있었으니까.

"잘 하셨습니다!!"

현오준이 팀원들을 칭찬하며, 투명 마수를 향해 직접 몸을 날렸다.

"끄압!"

현오준이 기합성을 내지르며 투명 마수를 향해 발을 뻗었다. 마지막 목숨을 가지고 버둥거리는 투명 마수의 머리에 현오준의 후려차기가 정통으로 꽂혔다. 괜히 A급 신체 강화 능력자가 아닌지라, 그 일격으로 투명 마수의 머리가 터져 버렸다.

"후우우우!"

긴 호흡을 내뿜으며 자세를 가다듬은 현오준. 그와 동시에 쿠당, 하는 소리와 함께 투명 마수의 시체가 땅바닥에 내동댕이쳐졌고, 저 멀리서 와아! 하는 감탄사가 터졌다. 화력지원을 위해 헬필드 바깥에서 대기하던 군인들이 구경하다가 내지른 탄성이었다.

이제까지 투명했던 투명 마수가 죽으면서 그 모습이 드러나, 그들의 눈에는 현오준의 일격에 허공에서 갑자기 시체가 나타나는 것처럼 보일 터였다.

군인들의 환호성에 현오준은 쑥스러운 듯 뒷머리를 긁었다.

＊　　　＊　　　＊

와우산 주둔지로 돌아가는 군인들의 표정은 밝았다. 그도 그럴 만했다. 이렇게 대량의 어보미네이션을 한 번 끌어다 내어놓으면 차원 균열 주변도 당분간은 조용할 테니 말이다.

실제로 마지막 크로코리언을 끌어올 때, 현오준은 차원 균열에 손을 댈 수 있을 정도로 가까이 가야 했다. 게다가 원래대로라면 경계심이 많아 차원 균열 바깥으로 좀처럼 나오지 않는 투명 마수까지 나왔을 정도니, 아마 차원 균열 너머의 경계 부근에 있는 어보미네이션은 거의 다 나왔을 거라고 봐도 무방했다.

그런 만큼 예기치 않은 어보미네이션의 등장도 줄어들 테니 주둔지 병사들의 수고와 위험도 줄어들 터였다. 더욱이 아무리 징병제라지만 이런 목숨을 건 임무에는 작은 액수나마 국가에서 생명 수당이 나오는데, 오늘은 아무 위험 없이 임무를 완료했으니 소소하게 PX에서 냉동식품이라도 돌려먹을 수 있으리라.

'연초도 이제 자기 돈으로 사다 피워야 한다던데. 에휴, 불쌍한 것들.'

사실 담배 보급이 끊긴 건 10년도 전의 일이다. 그래도 김인수 본인은 그전에 군 복무를 완료한 데다 요 10년간 이계에 있었으니 새삼스럽지만 그런 생각을 할 만도 했다.

최재철은 군인들의 뒷모습을 안쓰럽게 바라보면서도, 그래도 그들에게 조금이나마 도움이 되었다는 사실에 약간은 뿌듯해했다.

"그러고 보니 문효는 군대 언제 가?"

최재철은 생각난 김에 곁에 있던 구문효에게 그렇게 물었다. 그러자 구문효의 표정이 기묘하게 일그러졌다.

"아, 형, 저한테 왜 그러세요. 저 방산이에요."

"방산?"

너무 의외인 대답이 돌아와서 최재철은 그렇게 되묻고 말았다. 물론 방산이라는 단어의 뜻에 대해 모르지 않았다. 그가 서울에 있었을 때도 방산, 방위산업체 대체 복무라는 시스템은 있었으니까.

"네. 방위산업체 모르시진 않죠? 어벤저가 차원 균열 관련 산업체에 일정 기간 종사하면 군 복무가 면제돼요. 물론 어벤저 B급 이상 라이센스가 필요하고 방산 기간 동안은 돈도 얼마 못 벌지만……. 뭐, 그래도 군대 가는 것보다는 낫죠!"

최재철은 활짝 웃는 구문효를 바라보며 미소 지었다.

"문효야."

"네, 형."

"한 대만 때려도 되겠니?"

최재철의 표정을 보며 마주 웃고 있던 구문효의 표정이 갑자기 확 굳어졌다.

"…설마, 형……. 군대 다녀오신 거……."

최재철은 말없이 웃으면서 주먹을 쥐어보였다.

"그러고 보니 C급……. 으아, 으아아아!"

구문효의 비명이 와우산에 울려 퍼졌다.

*　　　　*　　　　*

최재철은 오늘 하루만에 1억 2천만 원을 벌었다. 연봉의 절반을 넘는 금액이다.

첫 출근 날 이걸 다 벌었다고 한다면 다른 업계 사람들은 전혀 믿지 않을 터였다. 아니, 최재철은 몰랐지만 아무리 어벤저 업계라고 해도 그냥 순수 어보미네이션 사냥만으로는 이 정도로 많이 벌지는 못한다.

물론 오늘 투명 마수를 포함해 꽤 많은 어보미네이션을 사냥하기는 했지만 그래도 좀 큰 금액인 것 같아 현오준 팀장에게 물었더니, 이런 대답이 돌아왔다.

"원래 디코이의 임무 공헌도가 가장 높게 잡힙니다. 그러니 가장 많은 돈을 가져가는 것도 최재철 씨가 되어야겠죠."

보통 한국 기업에서 그렇듯 연공서열로 팀장이 가장 많은 돈을 가져갈 줄 알았던 최재철은 다시 한 번 외국계 기업의 문화에 감동해야 했다.

'아니, 그렇지도 않은가.'

임무 수행을 지켜본 건 현오준 팀의 팀원들과 군인들 정도고, 외부인들이 팀의 정산 배분을 알 리 없다는 것을 생각하면 현오준이 임무 공헌도를 임의로 정산해도 아무도 뭐라고 못 할 터였다. 그러니 이건 그냥 현오준 팀장의 재량이라고 봐도 되었다.

'이 사람, 첫인상하고는 많이 달라 보이는군.'

처음 면접 때는 그냥 멋모르고 자기 실력을 과신하는 애송이로 보였는데, 오늘 지휘하는 것도 그렇고 팀원들을 대하는 모습도 그렇고 이 정도면 나름 괜찮은 팀장 같았다.

다들 기피한다는 차원 균열 내부 탐사 임무를 목적으로 꾸린 팀에 S급과 B급의 인재가 괜히 배속된 건 아닌 듯했다.

"어쨌든 예상 외로 큰 성과를 거두게 되었습니다. 이게 전부 최재철 씨 덕분입니다."

현오준이 말했다. 다소 낯간지러운 말인지라 최재철은 손을 내저었다.

"전부 제 덕분이라는 건 너무……."

"아뇨, 따지고 보면 이지희 씨가 저희 팀에 들어오게 된 것도 최재철 씨 덕분이니까요. 애초에 다섯 명의 팀이 꾸려진 것 자체가 최재철 씨 덕분이라고 할 수 있습니다."

현오준은 묘하게 딱 잘라 말했다.

"그렇게 말씀하시면… 애초에 제가 S급 랭커가 있는 팀에 들어오게 된 것도 팀장님 덕분이죠. 감사를 드려야 할 건 오히려 제 쪽입니다."

최재철은 그렇게 대답했다.

"그런데 팀장님, 애초에 '우리 팀에 S급 랭커가 있다'고 말씀하셨으면 훨씬 쉽게 팀이 만들어졌을 텐데 제게 그런 말씀을 안 하신 이유가 뭡니까?"

"오연화 씨께서 그런 말은 뿌리고 다니지 말라고 말씀하셔서요."

현오준은 헛웃음을 섞어 말했다. 아마 농담은 아닐 것이다.

*　　　*　　　*

퇴근 시간이 되었다.

'팀장의 성격이라면 회식 같은 게 있겠지. 아니면 저녁 늦게까지 훈련을 하든가…….'

최재철은 그렇게 생각했지만, 그의 예상과는 달리 회식도, 야근도 없었다.

"제가 개인적으로 대접할 때는 달랐지만, 어쨌든 명목상으로 제가 팀장이고 최재철 씨가 팀원이 되어버린 이상 회식은 야근이 되어버립니다. 그러니 아쉽지만 식사는 내일 점심 때 같이하는 걸로 하지요."

현오준은 내심 회식을 하고 싶은 모양이었지만 회사 내규로 그렇게 정해진 이상 어쩔 수 없다는 이야기를 듣자 최재철의 벌어진 입이 다물어지지가 않았다.

이게 외국계 회사인가. 회식에는 당연히 전원 참석을 해야하고 야근 수당은 사측에서 삥땅치는 게 당연했던 10년 전의 그가 다녔던 회사와는 기본 마인드부터가 달랐다.

참고로 업무 시간에는 차원 균열 탐사에 앞서 팀장 현오준의 브리핑이 있었다. 차원 균열 탐사에 필요한 장비나 다른 지원용 물품 등은 사측에서 준비해 주니 지시 사항에만 잘 따르면 된다는 그 브리핑은 최재철을 한층 더 놀라게 했다.

예전 경험에 따르면 장비는 당연히 자신이 준비해야 했었다. 이런 거 하나하나에 놀라는 게 좀 촌스럽다는 건 그도 인지하고 있었지만 실제로 놀라운데 어쩌란 말인가.

어쨌든 차원 균열 탐사에 앞서 몇 차례에 걸친 합동훈련을 진행해야 하고, 그동안은 출근을 해야 한다. 임무가 없으면 쉬어도 된다는 다른 어벤저 팀과 달리 차원 균열 탐사 팀이니 어쩔 수 없었다.

"그렇게 됐네. 시간이 생겼어."

업무 시간이 끝난 후, 최재철은 그렇게 이지희에게 말을 걸었다.

"네?"

"나한테 시간 있냐고 묻지 않았어?"

"아, 네. 그러고 보니……."

"생겼어."

"아……."

최재철의 말에 이지희는 어째선지 얼굴을 붉히며 머뭇거렸다.

"뭐예요, 언니? 지금 재철 님한테 데이트 신청하시는 거?"

오연화가 불쑥 상반신을 내밀며 이지희를 놀려대었다.

"그, 그런 거 아니야!"

"아니면 왜 그렇게 부끄러워하는데요?"

"아니야, 난 그냥……."

뭐라고 항변을 하려다가, 이지희는 말을 끝맺지 못하고 우물거리고 말았다.

"연화야, 우리 데이트할까?"

대화가 끊긴 틈을 타, 구문효가 끼어들었다.

"거긴 닥쳐요, 좀."

오연화는 구문효 쪽으로 시선을 돌리지도 않고 말했다. 차가운 오연화의 태도에 구문효의 어깨가 축 처지고 말았다. 그걸 조용히 보고 있던 현오준이 구문효에게 제안했다.

"그럼 어쩔 수 없죠, 구문효 씨. 저랑 데이트 좀 하죠."

"엥? 팀장님, 어째서?"

구문효의 입이 경악으로 벌어졌다.

"걱정 마십시오, 야근 수당은 나올 겁니다."

"어째서!"

"같이 훈련이나 좀 하다 가시죠."

"아, 데이트란 게 그쪽이었군요."

구문효의 얼굴에 명백한 안도의 빛이 떠올랐다. 그 반응을 어떻게 받아들인 건지, 현오준은 심각한 목소리로 말을 이어 나갔다.

"싫으시다면 억지로 시킬 수는 없죠. 하지만 팀 내부에서 주된 화력 담당인 구문효 씨의 기량은 팀의 전력에 직접적인 영향을……."

"알았어요. 하면 되잖아요!"

이미 자주 있는 일인 건지, 구문효는 쉽게 포기하고 그냥 현오준과의 훈련을 택했다.

"그런데 팀장님이 야근을 하시는데 저희만 빠지는 건……."

구문효와 현오준의 대화를 듣고 있던 이지희가 그들의 눈치를 보자, 현오준이 웃으며 말했다.

"팀장으로서 야근 수당을 너무 많이 지출하는 건 인사고과에 영향을 미칩니다. 세 분은 먼저 퇴근하시죠. 어차피 내일부터 질리도록 할 훈련입니다."

"네, 그럼 저희는 퇴근할게요."

그렇게 말하며 한 번 훗, 하고 웃은 오연화는 다시 최재철과 이지희 쪽을 바라보았다.

"저기, 데이트가 아니면 저도 같이 따라가도 되나요?"

"아, 물론!"

예상 외로 이지희가 고개를 쉽게 끄덕이자, 오연화는 재미없는 듯 입술을 삐죽거렸다.

"뭐야, 진짜 데이트 아니에요?"

"아니야."

"그럼 뭐예요?"

"그, 글쎄."

이지희는 오연화의 시선을 피했다. 오연화는 이지희를 지켜보다가 최재철에게 물었다.

"저 진짜 따라가요?"

"네, 뭐, 지희가 괜찮다면야. 그보다 우리 어디 가는 건데?"

"어… 저희 집이요?"

이지희의 대답에 사무실 안에 침묵이 자리 잡았다. 이지희는 반응이 왜 이런 건지 짐작도 안 가는 듯 고개를 갸웃거리다가, 갑자기 얼굴이 확 붉어졌다.

"그, 그런 거 아니에요!"

"네, 뭐, '그런 거'라면 저더러 따라오라고 하지도 않겠죠."

오연화는 툴툴대듯 대꾸했다. 그녀는 틀림없이 미성년임에도 불구하고 '그런 것'이 뭔지 잘 알고 있는 모양이었다.

"가요, 그럼. 우리 같이 지희 언니 집 구경이나 하러 가요, 재철 님."

＊　　　＊　　　＊

세 사람은 회사 건물을 나와 몇 분간 말없이 걸었다.

"자아, 그럼 슬슬 말해줘. 용건이 뭐지?"

최재철이 먼저 입을 열었다. 그녀가 무안한 듯 얼굴을 붉혔다.

"벼, 별거 아닌데. 민폐일 수도 있는 거예요."

"민폐인지 아닌지는 내가 직접 듣고 결정하지."

"저, 그게……."

이지희는 다시 망설였다. 최재철은 인내심을 갖고 이어질 말을 기다렸다. 오연화도 이지희를 빤히 올려다보았다. 걸음은 멈추지 않은 채 말이다.

"멈춰."

지하철역으로 가는 지름길인 골목으로 접어들었을 때였다.

말없이 걷던 세 사람 앞을 막아서는 남자들이 있었다.

근육질에 머리를 짧게 밀고, 저녁 시간에 선글라스를 낀 데 다 정장을 맞춰 입은 그들의 인상은 그림으로 그린 것 같은 '그쪽 사내들'이었다. 그들의 얼굴을 확인한 이지희의 표정이 무너졌다.

"야, 꺼져. 우리가 볼일이 있는 건 그쪽 여자다."

리더로 보이는 정면의 가운데 선 남자가 최재철에게 턱짓을 했다. 그는 코웃음을 쳤다.

"정면에 셋, 후방에 둘인가. 모두 어벤저는 아니로군."

"뭐?"

최재철의 혼잣말을 들은 남자의 안색이 바뀌었다. 덤으로 오연화도 헉하고 놀라는 소릴 냈다.

최재철이 어려운 걸 한 건 아니었다. 기척을 알아채는 데는 아티팩트나 어벤저 스킬의 힘을 빌릴 필요도 없었다. 그 기척 에 차원력이 전혀 묻어 있지 않았으니, 완전히 자신의 능력을 숨길 수 있는 고위 차원 능력자가 아니라면 일반인이라고 생 각하는 게 당연했다.

그리고 상대가 차원 능력자라면 이런 식으로 나올 이유가 없었다. 김인수는 최재철로서의 옅은 차원력을 자연스럽게 흘 리며 다니고 있었다. 만약 그를 적대시하는 차원 능력자라면 능력으로 먼저 공격하거나 차원력을 뿜어 위협했지 복장이나 머릿수로 위협하려고 들지는 않았으리라.

오연화가 놀란 이유는 좀 신경 쓰였지만, 이 정도는 C급 차원 능력자도 할 수 있다고 생각했기 때문에 별로 신경 쓰지 않아도 되리라고 최재철은 판단했다.

"설마, 너… 어벤저인가?"

상대는 눈치가 아예 없는 건 아닌지, 그런 말을 던져왔다. 상대가 어벤저인지 아닌지 판단하는 능력은 같은 어벤저가 아니면 갖추기 어려운 일일 테니, 그의 판단은 틀리지 않았다.

'괜찮군.'

상대가 눈치 없는 놈이라면 도리어 이쪽이 피곤해진다. 어느 정도 상식적인 사고 능력을 지닌 상대인 편이 오히려 최재철에게는 유리했다.

"내가 어벤저인 게 중요한가? 여기 CCTV가 없는 게 더 중요한 것 같은데. 일부러 이런 곳을 노려서 접근해 온 걸 보면 별로 떳떳한 놈들은 아닌 것 같군."

최재철의 말을 들은 남자는 골치가 아파진 듯 자신의 관자놀이를 문대기 시작했다. 남자의 부하들도 불안한 듯 눈치를 보고 있었다. 뒤에 있는 놈들도 마찬가지였다.

"이봐, 그 여자가 뭐 하는 여자인 줄 알기나 해?"

결국 남자는 대화로 해결을 보려고 생각한 건지, 최재철에게 그런 말을 던졌다. 사정을 모르면 끼어들지 마라, 이건가.

하지만 최재철은 별로 그럴 생각이 없었다. 그렇게 당당하던 여자가 바들바들 떨면서 입술을 꽉 깨물고 있는 걸 보면서도 쉽게 자리를 비켜줄 정도로 정이 없는 성격은 아니었다.

"어벤저잖아."

"헉, 어벤저?"

최재철의 대답에 남자는 화들짝 놀랐다. 보아하니 저들은 이지희가 어벤저가 된 걸 모르는 모양이었다. 그것도 무려 B급 어벤저님이신데도 모르는 걸 보니, 별로 정보력이 좋은 단체 소속은 아닌 듯 보였다.

"몰랐던 모양이로군?"

최재철의 대꾸에 남자는 발끈해서 외쳤다.

"어벤저래 봤자! 총 맞으면 뒈지는 건 똑같잖아!"

"멍청한 놈들이로군. 그래서 지금 너희가 총을 갖고 있나?"

"……."

남자는 침묵해 버렸다. 설령 이들이 총을 갖고 있다 한들, 그는 충분히 제압해 낼 자신이 있었다. 문제는 불과 C급 어벤저인 최재철에게는 그럴 능력이 없다는 거였고, 그래서 이들에게 총이 없는 건 사실 다행이었다.

"꺼져."

"두, 두고 보자!"

남자들은 그런 말을 남기고 도망쳐 버렸다.

"고전적인 놈들이로군."

최재철은 코웃음을 쳤다. 이지희는 남자들이 완전히 사라지기 전까지 못 박힌 듯 서 있다가, 완전히 상황이 끝난 걸 확인하고서야 안도의 한숨을 토해내며 그 자리에 무너져 내렸다.

"저거였어요? 우리랑 같이 집에 가자고 한 이유가."

오연화가 코웃음을 치며 말했다. 그 질문에 이지희는 대답하지 못한 채, 그 자리에 주저앉아 있을 뿐이었다. 그제야 오연화가 놀라며 이지희의 표정을 들여다보았다.

"언니? 괜찮아요?"

"많이 놀란 모양이로군."

최재철은 그녀에게 손을 뻗었다.

"어디 앉을 곳으로……. 카페가 좋겠어. 일어설 수 있겠어?"

"아, 네. …네."

이지희는 대답하며 일어서려고 했지만, 그녀의 무릎은 풀린 채였다.

'하는 수 없군.'

최재철은 그녀를 들어다 자신의 등에 업었다. 그녀는 순순히 업혔다. 그녀의 몸은 바들바들 떨리고 있었다. 마치 천적을 만난 토끼 같은 반응이다. 그런 그녀의 모습을 바라보던 오연화는 짧게 한숨을 내쉰 후 말했다.

"얼른 가죠."

*　　　　*　　　　*

　여자를 업고 시내를 걷는다는 건 생각 외로 부끄러운 일이었다. 그래서 최재철은 그냥 덮어놓고 가장 가까운 카페로 향했다.

　"됐어요, 이제. 내려주세요."

　"아, 그래?"

　다행이로군, 이라고 말을 잇지는 않았다. 그녀의 얼굴을 보니 좀 붉어져 있는 게 여기까지 업혀온 것이 꽤나 부끄러웠던 모양이었다.

　"…아무것도 안 물어보시네요."

　"아니, 이제부터 물어볼 건데."

　"네?"

　"아, 메뉴."

　"에스프레소……."

　"말고."

　"…딸기 스무디요."

　망설임 끝에 대답한 그녀는 멋쩍은 듯 웃었다.

　"전 딸기 파르페요. 재철 님이 사주시는 거죠?"

　거기에 오연화가 뻔뻔하게 말했다. 그 말에 최재철은 고개를 끄덕였다.

"그래요, 뭐. 나보다 연봉이 적어도 다섯 배는 높을 거 같은 S급 랭커한테 먹을 걸 사주는 것도 좋은 이야깃거리가 될 거 같은데."

"아, 치사하게! 게다가 저 연봉 그렇게 안 높아요. 방산이라 서……"

오연화의 입에서 나온 의외의 단어에 최재철은 표정을 바꿀 수밖에 없었다.

"엥? 방산? 미성년에, 여자애인데?"

"법이 바뀌었어요. 어벤저에 여자고, 남자고, 어린애고 없다 면서……. 어벤저는 전부 국방의 의무를 수행해야 돼요. 아마 지희 언니도 그럴 걸요?"

"아, 응. 맞아요."

이지희가 얼른 고개를 끄덕거렸다.

"그것 때문에 훈련소에 끌려가서 4주 훈련까지 받았다니까 요. 그것도 어벤저용 특별 코스로!"

하기야 어벤저는 그 업무 특성상 전투 능력을 기본적으로 필요로 하는 데다 임무 중 군대와 연계하는 일도 잦다. 오늘 처럼 말이다. 그런 의미에서 4주간의 군사훈련은 필수라고 봐 도 됐다. 확실히 여자나 어린애라는 이유로 훈련을 안 받게 할 수는 없다.

훈련을 시키는 건 이상하지 않지만, 그 후에도 방산으로 묶이는 건 좀 이상했다. 관련 업계에서 로비를 한 결과일지도 모르지만 말이다. 복무 대체라는 명목으로 고급 인력을 아주 싼 값에 부려먹을 수 있다는 점에서 볼 때, 로비를 할 이유는 충분하다.

그런 뒷사정이야 어쨌든 결국 이 중에서 가장 높은 연봉을 받는 어벤저는 이미 군 복무를 마치고 정상적인 계약을 맺은 최재철이 된다. 더군다나 오늘 임무에서도 디코이 보정을 받아서 가장 높은 배당금을 가져온 것도 있다.

"그럼 사줘야겠군."

"네, 사주세요!"

최재철의 혼잣말에 오연화가 나이에 걸맞은 미소를 띠며 말했다. 웨이트리스를 불러 주문을 마치고 나자, 다시 아무도 말을 하지 않고 침묵한 상태가 되었다. 카페에서는 부드러운 음악이 흘러나오고 있었다.

조금 기다리자, 최재철이 주문한 더치커피, 이지희가 주문한 딸기 스무디, 그리고 오연화가 주문한 딸기 파르페가 나왔다. 이지희는 스무디 잔을 붙잡더니 꽂혀 있던 빨대를 빼버리고 꿀꺽꿀꺽 마시기 시작했다.

"전 소속사 사람들이에요."

딸기 스무디를 단숨에 반쯤 마셔 버린 후에나 그녀는 그렇게 말문을 열었다.

"아까 그 남자들? 조폭이 아니라?"

"네……."

이지희는 망설이다 대답했다.

"저, 아이돌이었어요."

별로 놀랄 일은 아니었다. 그녀가 이제껏 흘린 단어들을 종합하면 말이다.

"아이돌! 언니가요? 아, 과연!"

그러나 오연화는 놀란 듯 눈을 크게 떴다. 곧 납득한 듯 고개를 끄덕거리긴 했지만 말이다. 이지희는 그런 오연화의 반응을 쓴웃음을 지은 채 바라보다가 다시 이야기를 시작했다.

"음반도 냈고, 행사도 뛰어봤고, TV… TV에는 못 나가봤네. 음반은 별로 안 팔렸어요. 하지만 행사는 자주 나갔죠. 아주 많이……."

백화점 옥상에서, 슈퍼 앞에서, 안경점 앞에서 그녀는 춤을 추고 노래를 불렀다. 이렇게 하면 얼굴과 이름을 알릴 수 있다고 믿으며, 처음에는 다들 이렇게 시작한다고 자신을 위로하며, 그녀는 작고 볼품없는 무대 위에서 자신들에게 무관심한 사람들에게 미소 지었다.

"제가 예쁘잖아요."

"네, 사실 예쁘죠."

농담처럼 꺼낸 이야기에 오연화가 진지하게 고개를 끄덕이자 이지희 입장에서는 좀 뻘쭘해진 건지 얼굴을 좀 붉혔다.

"사실 전 노래에도 자신이 있었고, 춤도 잘 췄어요. 몸매… 몸매야, 뭐, 그래요, 뭐. 지금은 관리 안 해서 이런 거예요."

"그게요?"

"아니, 이게 아니라."

오연화 탓에 자꾸 분위기가 이상해지니 이지희는 손을 내젓고 다시 이야기를 시작했다.

"어쨌든 전 자신이 있었어요. 외모 되고, 노래 되고, 춤 되는데 안 뜰 리가 없다고…… 그런데… 그렇지 않았어요. 세상은 그런 식으로 돌아가는 게 아니더라고요."

수다쟁이처럼 떠들던 그녀의 눈가에 갑자기 눈물이 고였다.

"저희 팀이 뜨기 위해서는 제가 뭔가를 더 지불해야 했어요."

그녀는 '뭔가'가 뭔지 설명하지 않았다. 최재철도 묻지 않았다.

오연화도 마찬가지였다. 이제껏 거슬릴 정도로 대꾸를 던져왔던 것에 비하면 이상할 정도로 조용했다. 짐작하고 있는 거려나.

최재철은 굳이 추측하려 하지 않았다. 이지희의 이야기는 이어지고 있었다.

"전 그걸 거부했죠. 그래서 모든 게 망가졌어요."

울음 탓에 떨리는 목소리를 가다듬으려고 필사적으로 노력하며 그녀는 말했다.

"그동안의 노력도, 품어왔던 꿈도, 소중하게 생각했던 팀원들… 사장님, 프로듀서, 매니저, 스태프분들……. 친했는데 절 비난하더라고요. 제가 치러야 할 것을 치르지 않았기 때문에 다 망한 거라고……."

결국 참지 못하고 흐느끼기 시작하는 이지희를 바라보며 최재철은 고개를 끄덕였다.

"과연."

오연화의 시선이 느껴졌지만, 최재철은 무시했다.

"그렇게 궁지에 몰린 거로군."

"…네?"

최재철의 반응이 의외이기라도 했던 건지, 이지희는 흘리던 눈물마저 멈추고 멍하니 최재철을 바라보았다. 최재철의 말은 아직 끝나지는 않았다.

"그래서 계약을 했고."

"아……."

그제야 그녀는 최재철의 말을 알아들은 건지 눈을 크게 떴다.

최하급 계약마와의 계약, 그리고 어벤저로서의 각성.

사실 모든 어벤저가 계약마와의 계약으로 어벤저가 되는 것은 아니다. 정말로 아무 이유 없이 능력에 각성하는 사례도 드물게 있고, 다른 어벤저의 장기를 이식받아서 차원력을 얻게 되는 경우도 있다. 그 외에도 많은 경우의 수가 있긴 있었다.

그러니 최재철의 발언은 넘겨짚기였다. 그리고 그 넘겨짚기는 잘 통했고, 최재철은 이지희가 계약으로 어벤저가 되었음을 알 수 있었다.

옆에서 오연화가 놀라서 눈을 똥그랗게 뜨고 최재철을 바라보고 있는 게 재미있었지만, 그는 그녀의 시선을 굳이 못 본 척했다. 대신 그는 이어서 해야 할 말을 했다.

"용케 놈들에게 먹히지 않았군."

"그야……."

이지희는 티슈로 눈물을 닦으며 쓴웃음을 지었다.

"…이미 불공정 계약에는 이력이 났으니까요."

연예 기획사와 연습생 사이의 불공정 계약은 이미 뉴스로도 여러 번 났을 정도로 흔한 사례였다. 뉴스로 나왔음에도 별로 개선되지 않았다는 것이 더욱 절망적이라고도 할 수 있으리라.

하급 계약마들의 지능은 그리 높은 편이 아니기에 상대가 '어떤 식으로' 궁지에 몰렸는지도 모르고 그냥 냄새만 맡고 몰려든 것이었을 터였다.

이지희는 궁지에는 몰렸지만 당장 힘이 필요할 정도로 다급한 건 아니었고, 그래서 충분히 생각할 여유가 있었다. 그 끝

에 이지희는 훌륭하게 계약마를 속여 먹였고, B급 어벤저의
능력을 얻어냈다.

최재철과는 달리.

김인수가 아닌 진짜 최재철과는 달리, 말이다.

옛 동창들에게 끌려 나와 집단 린치를 당하느라 생각할 틈
도 없이 바로 고개를 끄덕이는 바람에 어보미네이션이 되어
버린 진짜 최재철을 생각하면, 그는 딱히 이지희에게 동정적
인 감정을 느낄 수는 없었다.

"그래서 꿈을 포기하고 어벤저가 된 건가?"

"네, 뭐."

다소 뚱하기까지 한 그의 반응에 이지희는 그게 마치 재미
있다는 듯 웃으며 말했다.

"…별로 동정해 주시지는 않네요."

"동정? 내가 왜?"

이지희에게서 나온 의외의 말에 최재철은 눈을 깜박였다.
정말 말도 안 되는 발언이었다.

"넌 B급 어벤저고 나는 C급 어벤저야. 누가 누굴 동정해?"

이번에는 이지희가 눈을 깜박일 차례였다. 사실 그의 진짜
정체인 김인수는 B급이고, A급이고 상관없는 존재였지만, 여기
선 그런 걸 생각할 필요가 없었다. 그는 최재철로서 말했다.

"과거야 어쨌든 넌 어벤저가 됐잖아. 네 직업에 대해서 자

각을 좀 가지는 게 어때?"

"자각이요?"

"그래, 자각. 넌 힘을 가졌어. 넌 강해. 그런데도 그런 식으로 비참해하는 건 궁상일 뿐이야."

"구, 궁상……!"

최재철이 꺼낸 단어에 충격이라도 받은 듯, 이지희는 입을 뻐끔거렸다. 하지만 최재철은 이쯤에서 공격을 멈출 생각은 없었다.

"방금 전 같은 경우도 그래. 상대는 모두 일반인이었어. 물론 넌 어벤저니 그치들을 죽여 버린다면 네가 법적으로 불리한 상황에는 놓이겠지. 하지만 그치들은 절대 널 협박하거나 먼저 덤벼들 수 없어."

최재철은 충격 받은 이지희를 앞에 두고 자신만만하게 웃어보였다.

"왜? 네가 더 강하니까. 오늘은 내가 구해주긴 했지만, 사실 구해줄 필요도 없었어."

"하, 하지만 무서웠어요."

이지희는 변명하듯 말했다.

"그래, 네가 무서워하는 광경은 꽤나 재미있었지. 큰 개가 어린 고양이를 두려워하는 것 같더군."

최재철의 신랄한 비유에 이지희의 입이 쩍 벌어졌다. 그런 그녀에게 최재철은 굳이 한 마디를 더 꽂았다.

"넌 네 강함을 좀 더 자각할 필요가 있는 것 같아."

"아, 아아……."

알아들은 건지 어떤 건지, 이지희는 멍하니 고개를 끄덕이기 시작했다.

"힘을 얻은 지 얼마 되지 않아서 자각이 늦은 거야 어쩔 수 없지만, 자신의 강함과 상대의 강함을 재단하는 능력은 엄청나게 중요해. 익혀두는 게 좋을 거야."

이지희의 변화하는 표정을 보며 최재철은 자신이 너무 세게 말했나 고민했지만 결과적으로 그럴 필요는 없었다.

"네, 스승님!"

방금 전까지 받은 충격은 어디로 간 건지, 이지희는 당당히 대답했다.

"그리고 뭐, …너한테 희생을 강요하는 놈들에게 희생해 주지 못했다고 책임감을 느끼는 건 내가 생각하기에 너무 바보스러운 생각 같은데."

"그러고 보니 그건 그렇네요. 아, 근데 지금 건 위로 맞나요?"

그녀의 눈매 끝에는 아직도 눈물방울이 매달려 있었지만, 그런 걸 신경 쓸 필요는 없었다. 과거의 상처나 아픔은 더 이상 그녀를 구속하지 못할 테니까. 다시 그녀의 눈동자에서는 통통 튀는 장난기가 감돌기 시작했다.

그런 그녀의 모습에 그는 픽 웃으며 대꾸했다.

"동정이야 안 하지만 그래도 우는 여자한테 위로 한 마디 정도는 해줄 수 있는 거 아닌가?"

"한 마디 정도가 아니었는데요."

계속 놀리려드는 이지희에게 최재철은 고개를 절레절레 흔들어보였다.

"…하지 말걸 그랬어."

"아하하, 아니에요. …고마워요."

"…뭘."

그런 대화가 오간 후, 어째 미묘한 침묵이 몇 초간 자리를 지배했다.

"파르페 맛있네요."

오연화가 스푼으로 아이스크림을 가득 퍼 올리면서 말했다. 뭔가 안 좋은 기억이라도 떠오른 듯, 그녀의 표정은 그리 좋아 보이지는 않았다. 하지만 최재철은 그녀에게 그걸 여기서 캐물어볼 생각은 없었다.

"다행이네요."

대신 최재철은 이렇게 말했다.

그런 그의 대꾸에 오연화는 입을 크게 벌리고 아이스크림을 우물우물 먹으며 고개를 끄덕일 뿐이었다. 잘 보니 그녀는 어느새 파르페를 거의 다 먹어가고 있었다. 점심 식사를 같이 먹을 때는 입이 짧은 게 아닐까 했는데, 디저트를 먹을 때는 그렇지도 않은 모양이었다.

그걸 본 이지희도 지금 와서 스무디 컵에다 다시 빨대를 꽂고 쪽쪽 빨기 시작했다. 어째 다 음료에 손을 대는 분위기라 최재철도 더치커피 잔에 손을 뻗었다. 그러다 문득 생각난 게 있어서, 최재철은 이지희에게 질문했다.

"그래서 결국 오늘 나한테 볼일이란 건 뭐였어?"

"아, 그거 방금 전에 없어졌어요."

"없어지다니?"

"괴한들이 제 주변을 어슬렁거려서 무섭다는 말씀을 드릴 생각이었는데……."

"이제 더 이상 무섭지 않다, 이거로군?"

"네!"

이지희는 만면에 미소를 띠며 대답했다. 꽃같이 웃는 그녀는 확실히 모두의 시선을 사로잡을 수 있을 정도로 아름다웠다.

"그럼 오늘 지희 언니 집에 가는 건 어떻게 된 거예요?"

"그, 그건 취소할래."

오연화의 말에 이지희가 급하게 손을 내저었다. 그러고 보니 그런 대화도 오갔던 것 같다. 이지희의 대답에 오연화는 의외의 제안을 해왔다.

"아, 그럼 저녁밥을 제가 쏠게요. 밥이나 먹으러 가요."

"연화가? 어째서?"

"그거야, 뭐."

오연화는 왼손 검지 끝으로 뺨을 긁으며 쑥스러운 듯 말했다.

"전 S급 랭커니까 B급인 지희 언니한테 동정 정도는 할 수 있지 않나요?"

*   *   *

이지희가 남자한테 업혀서 가는 걸 멀뚱히 지켜보고 있던 그녀의 전 기획사 실장, 김현직은 한숨을 푹 내쉬었다. 이지희가 시야에서 완전히 벗어날 때까지 멍하니 있던 그는 다시 한 번 한숨을 푹 내쉬고 휴대폰을 꺼내 들었다.

"사장님, 실패했습니다."

김현직 실장은 불호령이 떨어질 걸 알면서도 전화를 할 수밖에 없었다. 사무실에 들어가기 전에 전화로 보고라도 해둬야 사장의 분노가 조금이라도 수습될 가능성이 높다는 것을 경험적으로 알고 있기 때문이었다. 쪼인트 한 대 걷어차이는 걸로 끝나느냐, 개같이 굴러다니며 밟히느냐의 차이다.

ㅡ너 이 새끼, 죽고 싶냐! 어!!

아니나 다를까, 격노한 사장의 고함 소리가 휴대폰 너머에서 들려왔다. 그리고 3분 동안 온갖 욕설의 퍼레이드가 이어졌다.

사장의 욕설은 사람의 약점을 찌르는 구석이 있어서 듣고 있자면 울고 싶어질 정도였지만, 그렇다고 안 들을 수는 없다. 듣고 있냐고 물었을 때 1초 안에 '네'라고 대답하지 않으면 욕먹는 시간만 늘어날 뿐이었으니까.

―변명이라도 듣자. 왜 실패했냐?

"이지희가 어벤저로 각성했습니다."

김현직 실장은 급하게 말했다. 변명할 수 있을 마지막 기회일 수 있었기 때문이었다. 그러자 의외로 전화기 너머가 조용해졌다.

―…어벤저로 각성했다고?

"예."

김현직은 이지희가 부러웠다. 자기도 어벤저로 각성만 한다면 이딴 기획사 따윈 때려치우고 만다. 그런 생각에 어벤저 적성 시험을 한 번 받으러 갔었지만 역시나라고 해야 할까, 적성이 없었다.

―김현직 실장.

사장의 목소리가 진지해졌다. 김현직은 긴장하며 대답했다.

"예, 사장님."

―우리의 사훈이 뭐냐.

"열심히 살자, 입니다."

대외적으로는 그랬다.

—그거 말고, 새끼야.

아니나 다를까, 사장은 '진짜 사훈'을 요구해 왔다. 김현직은
진저리를 쳤다. 그나마 영상통화가 아니라서 진저리를 친 걸
들키지 않아 다행이었다.

"…최고의 고객에게 최고의 여자를, 입니다."

사장은 김현직의 대답이 늦은 것에 대해서는 별로 욕을 하
지는 않았다. 대신 더 듣기 싫은 소릴 늘어놓을 터였다. 그의
예상은 현실이 되었다.

—그래. 우린 그걸 모토로 이 바닥에서 자리 잡았다. 우리
가 이만큼 큰 것도 다 고객님들 덕택이야. 너도 잘 알지?

"예, 사장님."

꾸벅꾸벅. 김현직은 듣기 싫은 소릴 고개를 숙여가며 들었다.

—그리고 그 최고의 손님, 어? 어떤 분인지 너도 알잖냐, 실
장아. 그 우리 최고의 손님께서 이지희에게 꽂혔어요. 그럼 말
이다, 우리도 수단 방법을 가리지 말고 대령해 드려야 하지 않
겠냐?

"그렇습니다, 사장님."

참자. 참아야 한다. 김현직은 속으로는 그렇게 되뇌며 입으
로는 대답을 잊지 않았다.

―알면 수단 방법 가리지 마라.

순간적으로 김현직의 머릿속이 새하얗게 변했다.

"…예?"

―귀에 좆 박았냐, 새끼야?! 대가리가 있으면 굴리라고. 좆
대가리만 굴리지 말고 등신아!

갑작스런 욕설에 당황한 김현직이 바로 대답하지 못하자,
사장은 답답한 듯 가슴을 쳐가며 말했다.

―길드 놈들에게 연락해라. 이지희가 각성했다고? 그래 봤
자 얼마 안 됐을 거 아니야! 아무리 쓰레기 새끼들이라지만
여러 놈이 덤벼들면 어떻게든 되지 않겠냐. 반쯤 죽여서라도
끌고 와.

"하지만……."

김현직은 뭐라고 말해야 한다고 생각했지만, 사장은 반론을
용납하지 않았다. 늘 그랬듯이.

―씨발놈이 나한테 토 다냐? 닥치고 내일 오후 8시까지 이
지희 끌고 와!

"아, 알겠습니다!"

툭, 전화는 끊겼다.

김현직은 다시 한 번 한숨을 푹 내쉬었다. 그리고 시선을
들어 올렸다. 부하들이 움찔 놀라는 것이 보였다. 사장과의
통화는 그들도 다 듣고 있었으리라.

"야."

"예, 형님."

김현직은 자신을 형님이라 부르며 조폭같이 구는 동생들이 마음에 들지 않았다. 하지만 그가 지금 하고 있는 일은 조폭이 하는 일과 별반 다르질 않았다. 이러려고 이 업계에 들어온 게 아닌데. 하지만 현실이 이런 건 어쩔 수가 없었다.

"들었지?"

"아닙니다, 형님."

"지랄 말고, 사장님이 말씀하신대로 해."

"아, 예!"

동생들은 바로 각기 아는 길드에다 연락을 넣기 시작했다.

어벤저 스킬로 구린 일들을 맡아서 해주는, 좋은 말로 해결사, 전통적인 표현으로 용역 일을 하는 어벤저 길드는 생각보다 많았다.

애초에 국가와 기업들의 갑질에 제대로 먹고 살기도 힘든 길드들이 수두룩했다. 그들이 돈과 범죄의 유혹에 빠져드는 건 자연스러운 일이라고까지 할 수 있었다. D급 차원 능력자라도 일반인 상대로는 꽤나 거들먹거릴 수 있으니, 조폭끼리의 항쟁에 용병으로 끼어드는 일마저도 잦았다.

들키면 어벤저 라이센스를 박탈당할 테지만 국가랍시고 그들의 능력마저 빼앗지는 못하니, 일단 하루 벌어먹기 위해서라도 구린 일에 손을 대는 이들이 생길 수밖에 없다. 차원 균열이 열린 지 8년, 어벤저라는 직업이 생긴 지 5년. 아직 법망에는 구멍이 숭숭 뚫려 있으니 말이다.

일을 저지른 용역 어벤저보다 고용한 측에 더 큰 책임을 물리는 것 또한 대표적인 법의 구멍 중 하나였다. 아무것도 모르고 고용자의 명령에만 따른 무고한 어벤저들을 보호하기 위한 법이라는 개소리를 근거로 하고 있지만, 물론 현실은 다르다.

애초에 국가에서 어벤저에게 세금을 면제하고 특혜까지 주는 이유는 인재 유출 방지를 위해서이다. 그런데 그런 어벤저를 감옥에다 처박아두면 그것도 국가의 손실이지 않느냐는 높으신 분의 의향이 반영된 결과였다. 실형을 때리기보다는 적당히 사회봉사로 넘기고 그 시간만큼 국가에서 어벤저를 무료로 부려먹는 게 이득이라는 계산적인 판단도 끼어들었다.

문제는 '고용한 측'의 책임을 최고 책임자에게 묻는 게 아니라 실무자에게 묻는다는 점이었다. 누가 생각해도 이상한 법이었지만 이것도 로비의 결과물이었다. 멀쩡한 법이 높으신 분들의 이해득실로 인해 변모하는 건 비단 한국만의 일은 아니다.

어쨌든 그래서 고용한 용역 어벤저가 이지희나 아까 그 남자를 죽이기라도 하면 책임을 물어야 하는 건 김현직이었다. 사장은 뚝 잡아뗄 게 뻔하고, 조금 전 휴대폰 통화 기록을 경찰에 넘기더라도 별 의미가 없다는 건 그도 잘 알고 있었다.

"썩어빠졌어."

담배 한 개비를 피워 물고, 그걸 다 태울 때쯤 되자 동생들 중 한 놈이 말했다.

"내일 된다는 놈들이 있습니다. 한번 보시겠습니까?"

"바꿔봐."

김현직은 마지막 담배 연기를 훅 뿜어내고 담배 꽁초를 비벼 껐다. 이대로 이 동생에게 어벤저들을 고용하게 해서 책임을 떠넘기는 것도 가능하다. 하지만 그건 아닌 것 같았다. 그런 짓을 했다간 사장하고 똑같은 놈이 된다.

'그건 정말 아니지.'

김현직은 쓴웃음을 짓고 동생의 휴대폰을 받아 들었다.

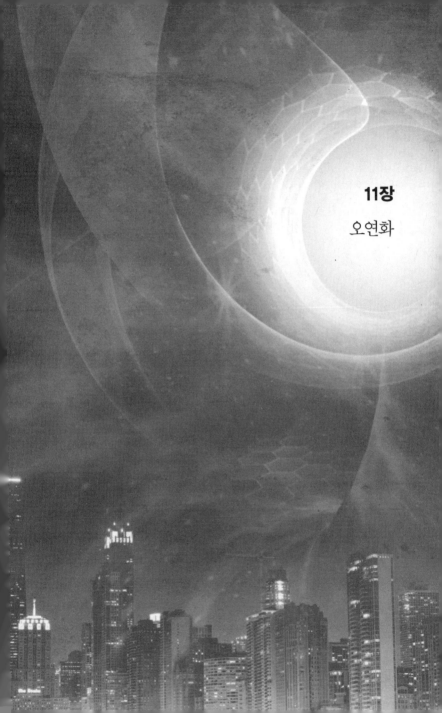

11장

오연화

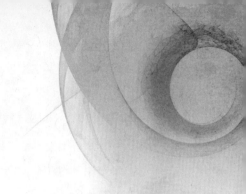

오연화가 산 저녁밥의 메뉴는 샤브샤브였다. 얇게 저민 생 쇠고기를 펄펄 끓는 육수에 담가 익혀 먹는 고기 요리다. 아 주 싼 메뉴는 아니지만, 그렇게까지 비싼 메뉴도 아니었다.

"미성년 여자애한테 밥을 얻어먹는 건 생각보다 저항감이 드는군."

"그럼 대신 계산할래요?"

"잘 먹겠습니다."

최재철의 대꾸에 오연화가 깔깔 웃었다.

"그리고 재철 님, 그냥 저한테 반말 쓰세요. 제가 한참 어린데."

"음… 하기야, 그럼 연화도 나한테 반말 써."

"아뇨, 그건 좀."

오연화는 손을 내저었다.

최재철이 얇은 고기를 하나씩 육수에 넣을 때마다 오연화
는 채소를 하나씩 넣고 있었다. 그리고 이지희가 고기를 건져
올릴 때 오연화는 육수에 데친 채소를 오물오물 씹고 있었다.

"혹시 채식주의자인가?"

오연화가 점심때도 채 썬 양배추를 열심히 오물거리고 있던
걸 떠올린 최재철이 그런 질문을 던지자, 오연화는 살짝 얼굴
을 붉히며 고개를 저었다.

"아뇨, 딱히 그렇지는 않아요. 그냥 채소를 더 맛있다고 느
끼는 것뿐이에요."

"헤에, 특이하네."

그렇게 말한 건 이지희였다. 그녀는 아까부터 고기를 열심
히 먹고 있었다.

점심때도 함박 스테이크와 비프 스테이크를 동시에 먹던 걸
보면, 그녀의 식습관도 꽤나 특이하다고도 할 수 있었다.

"재철 님도 드세요."

오연화가 말했다.

"먹고 있어."

"많이요, 더 많이."

아니, 이거 이지희를 위로해 주려고 사는 밥 아니었나? 최재철은 그렇게 생각하지는 않았다. 오히려 왜 지금 이 자리에 오연화가 있는지에 대해 생각했다.

"난 볶음밥 먹을 거야, 계란 볶음밥. 이 육수 졸인 거에 밥을 넣고 계란을 풀어서 볶은 거. 샤브샤브집은 그걸 위해서 오는 거라고 해도 과언이 아니지."

입으로는 그런 소릴 하면서.

*　　　　*　　　　*

해는 이미 졌다. 그야 저녁까지 먹었는데 해가 안 지길 바라는 게 더 이상하다.

그래서 최재철은 이지희를 먼저 집까지 바래다주기로 했다.

딱히 바래다줄 필요는 없다고 이지희는 말했지만, 최재철의 입장에서는 역시 걱정스러웠다.

사람이 마음을 먹는다는 게 그렇게 쉬운 일은 아니다.

막상 몇 시간 전의 그 괴한들을 다시 혼자 마주쳤을 때, 이지희가 강하게 나갈 수 있을지는 그녀 본인조차 모를 터였다. 그녀 본인은 자신이 제대로 대처할 수 있을 거라고 믿는 모양이었지만, 그건 믿음일 뿐이다.

그래서 최재철은 이지희를 집까지 바래다주고, 옆을 보았다.

오연화가 있었다.

"왜요, 재철 님?"

"너도 집까지 바래다줄까?"

"S급 랭커를 C급 어벤저가 보호해 준다고요?"

"하… 확실히 웃긴 이야기지."

최재철은 픽 웃었다.

"나를 위해서야."

"네?"

"속이야 어떻든 겉보기에는 미성년 여자애인데, 그냥 길바 닥에다 버리고 가면 사람들이 날 뭐로 보겠니."

"아하하, 그건 그렇네요. 그럼 데려다주세요."

오연화는 밝게 웃으면서 대답했다.

"어느 쪽이야?"

"반대쪽이요."

최재철의 질문에 그렇게만 대답한 오연화는 지금까지 왔던 길을 되짚어서 걷기 시작했다. 최재철은 그녀의 뒤를 따랐다.

'자아, 이제 어쩐다.'

최재철은 생각했다.

오연화는 매력적인 인재이다. 지금도 강하며, 앞으로는 더 강해질 수 있다. 가능하다면 영입하고 싶을 정도로.

하지만 문제는 그녀가 지나치게 강하다는 데 있다.

실력뿐만 아니라, 성격도.

"오연화."

최재철은 그녀의 이름을 불렀다.

"네?"

오연화는 뒤를 돌아보며, 최재철의 부름에 대답했다.

"오늘 왜 따라왔지?"

"어디요? 아, 지희 언니 집이요?"

아하하, 하고 그녀는 다시 한 번 밝게 웃었다.

"혹시 제가 방해가 된 건가요? 오늘 지희 언니한테 작업이라도 걸려고 했던 거예요, 재철 님?"

"아니, 이지희는 관계없어. 난 너한테 묻고 있는 거야."

최재철은 웃지 않았다.

"오늘 왜 따라왔지?"

그저 다시 한 번 같은 질문을 했을 따름이다.

오연화의 얼굴에서도 웃음이 사라졌다.

*   *   *

"…알고 싶었을 뿐이에요."

한참 침묵하던 그녀는 뒤늦게 질문에 대답했다.

"최재철이라는 사람에 대해서."

그것은 어떤 의미에서는 사랑 고백처럼 들렸다. 오연화가 그렇게 느끼도록 만들었다.

두 뺨에 자리 잡은 홍조, 살짝 피한 시선, 떨리는 목소리.

완벽한 연출이었다.

"그래서? 어땠지?"

최재철의 시선은 오연화를 쏘아보고 있었다. 그의 입가에는 미소조차 매달려 있지 않았다. 그걸 곁눈으로 본 오연화는 한숨을 내쉬었다.

"…실패한 거 같네요."

"그래, 넌 실패했어."

최재철이 이번에는 웃었다. 웃는 타이밍이 이상하다, 이 남자. 오연화는 샐쭉이 생각했다.

"오늘 나한테 몇 번이나 시도했지?"

"무슨 이야기죠?"

"12번."

오연화의 표정이 변했다.

"앞으로도 실패할 거야."

12번.

그것은 오연화가 오늘 최재철에게 분석 스킬을 사용하려고 시도한 횟수였다.

오연화는 최재철과의 첫 만남에서 그가 자신이 뻗은 분석 스킬을 시야로 간파했다고 생각했다. 그래서 최재철이 등을 돌리거나 다른 곳을 볼 때마다 분석 스킬을 뻗었다. 그러나 그때마다 최재철은 시선을 돌려 오연화를 보았고, 그녀는 능력을 접을 수밖에 없었다.

12번 모두가 우연이라고는 생각하지 않았다. 하지만 방금 최재철의 대답으로 확실해졌다. 그는 12번의 시도 전부를 시야가 아닌 감각으로 간파하여 물리쳤다. 그것이 뜻하는 바는……

"재철 님, 정체가 뭐예요?"

오연화의 입장에서는 그렇게 물어볼 수밖에 없는 상황이 만들어졌다.

"최재철이야. C급 어벤저지."

예상한 대답이 돌아왔다.

"전 S급 랭커구요."

"그래."

최재철은 고개를 끄덕였다. 그런 최재철의 모습을 오연화는 빤히 바라보았다.

이 문답이 뜻하는 바는 간단하다. C급 어벤저가 S급 랭커의 능력을 간파했다. 그것도 시야가 아닌 수단으로.

오연화가 S급 랭커일 수 있는 이유는 간단하다. 그녀가 정신 능력계 차원 능력자이기 때문이다.

보통 일반적인 어벤저는 한 가지 능력과 그 능력을 응용한 확장 능력밖에 사용하지 못한다. 그러나 그녀는 정신계 능력자이기에 공격과 지원이 모두 가능한 다중 능력자가 될 수 있었다.

물론 그녀는 공격에 염동력을 사용한다. 염동력 손아귀와 염동력 펀치는 그녀의 대표적인 공격 수단이다. 이것만 해도 원거리 공격 수단과 변칙적인 공격, 두 가지 요소를 모두 충족시킬 수 있다.

하지만 그것은 그녀의 능력 중 일부에 불과하다. 투시, 투명체 간파, 천리안, 분석에 이르기까지 다양한 초감각 능력이 그녀를 특별한 존재로 만든다.

그럼 최재철은 어떠한가? 오연화는 그와의 첫 만남을 되짚어 보았다.

최재철은 오연화가 만나자마자 다짜고짜 분석 능력부터 날린 것에 대해 화를 내면서 공격해 왔다. 분석을 위해 뻗은 정신체에 입은 타격은 그녀에게 큰 고통을 주었고, 그래서 최재철에게 염동력 타격을 몇 차례 가했지만 그건 정당방위였다.

'아니, 이게 아니지.'

논점이 엇나갔다. 오연화는 자신의 머릿속을 다시 정리했다.

오연화는 처음에 최재철이 자신의 분석 스킬을 간파해 낸 것에 대해 극단적인 신체 능력 강화 덕이라고 여겼다. 어벤저 스킬로 강화할 수 있는 신체 기관 중에는 당연히 눈도 포함되어 있다. 분석 스킬을 위해 날린 정신체는 투명체에 속하니 이 정도는 할 수 있다고 믿었다.

하지만 그게 아니었다. 최재철은 시야가 아닌 감각으로 오연화의 분석 스킬을 간파해 냈다. 이 말이 뜻하는 바는 간단했지만 받아들이기는 쉽지 않았다.

최재철은 신체 강화 능력자가 아니다. 최소한 두 종류 이상의 능력을 지닌 다중 능력자, 그것도 초삼사을 지닌 정신 능력 계열 가능성이 높았다.

'그렇다면 나랑 같은 S급? 아니, 아니지. 어벤저 오러는 나보다 훨씬 작아.'

어벤저 오러라는 건 어벤저 스킬을 사용하기 위한 힘이 신체에서 흘러넘칠 때 오연화의 초감각 시야에는 오러처럼 보이기에 그녀가 혼자 속으로 붙인 이름이다.

어벤저 네트워크에서도 이걸 표현하는 단어가 통용되지 않는 걸 보아, 이걸 볼 수 있는 사람 자체가 드문 것 같았다.

그 소위 말하는 어벤저 오러의 크기가 최재철의 것은 그렇게 크지는 않았다.

'C급… 아니지. B급 정도… 이려나.'

참고로 오연화의 어벤저 오러는 A급 어벤저인 현오준이나 구문효의 것보다 훨씬 컸다. 그녀의 어벤저 오러도 처음 B급 판정을 받았을 때에 비해 성장했기 때문이다.

그렇다고는 해도 쉽게 납득이 가지는 않았다. 최재철은 어벤저 라이센스 평가장에서는 D급 판정을 받았다고 했다. 이렇게 단시일에 C급으로 성장한 건 최재철이 처음이라고, 현오준이 들뜬 목소리로 말하는 걸 그녀도 들었다.

'말이 안 돼. 앞뒤가 안 맞아.'

어벤저 라이센스 평가장에서 시행하는 어벤저 스킬 측정은 어벤저 오러의 크기로 판정하는 경향이 있다. 능력의 종류나 강력함을 따지는 건 그 뒤의 일이다. 하지만 최재철은 그 어벤저 라이센스 평가장에서 D급을 받았다.

그런데 지금은 B급으로 보인다. 아무리 최재철의 성장 속도가 이례적이라 한들, 이렇게까지 빠를 수가 있을까? 이건 이례적인 걸 넘어서 이상하다. 비정상적이다. 비현실적이라는 말이 더욱 어울리리라.

"…어떻게 속인 거죠?"

그래서 그녀는 묻지 않을 수가 없었다.

"뭘 말이야?"

"어벤저 라이센스 측정이요."

그녀는 답답한 듯 물었다.

"간단해. 네가 할 수 있는 걸 했어."

최재철의 대답에 오연화는 잠깐 할 말을 잃었다. 최재철의 대답을 알아듣지 못했기 때문이 아니다. 오히려 알아들었기 때문이었다.

대답의 의미는 다음과 같다.

'어벤저 오러의 크기를 일부러 작게 만들어 감추고 있다.'

역시 '이례적으로 성장'한 것이 아니라, 자신의 능력을 처음부터 감추고 어벤저 라이센스 평가를 받은 모양이었다.

'어벤저 오러의 존재를 알고 있을 뿐만 아니라, 자신의 오러를 조절할 수 있기까지 하다니······!'

그녀는 자신의 경악을 숨기기 위해 애써야 했다.

이 시점에서 이미 최재철의 다중 능력자 설은 증명된 것이나 다름없었다.

"···질문이 잘못된 모양이로군요. 다시 질문할게요."

한 번 목소리를 가다듬었음에도 불구하고, 그녀의 목소리는 떨리고 있었다. 그런 그녀를 앞에 두고 최재철은 아무렇지도 않게 고개를 끄덕였다.

"그렇게 하도록 해."

"왜 그랬죠?"

A급은 아니라 한들, B급만 되어도 받는 혜택은 어마어마하다. 당장 B급인 이지희만 해도 별다른 전투 경험이 없어도 실

전 면접조차 거치지 않고 바로 대기업인 TA에 입사할 수 있었다.

그에 비해 C급은 정말 열악하다. 눈앞의 최재철처럼 운 좋게 대기업에 들어오는 경우도 있지만 목숨이 위험할 정도의 실전 면접을 거쳐야 하고, 그것도 엄청난 경쟁률을 뚫어야 한다.

그런데 왜 굳이 그런 고생을 사서 했을까?

그 질문에 대한 최재철의 대답은 이랬다.

"주목받고 싶지 않았던 것뿐이야."

'주목받고 싶지 않다, 라.'

그건 어느 정도 이해가 가는 대답이었다. 완전히 납득할 만한 대답은 아니었지만 말이다.

더 캐물어 봤자 만족할 만한 대답이 나올 거라고 기대할 수도 없을 뿐더러, 정말로 원래 '그런 사람'일 가능성도 있었으니 이 질문은 여기까지 하자고 오연화는 마음먹었다.

그녀는 더 알고 싶은 것을 질문했다.

"…실제로는 어느 정도죠?"

"실제?"

"당신의 능력."

흠, 하고 한 번 턱을 쓰다듬으며 생각하던 최재철은 문득 어떤 의미를 담은 건지 알 수 없는 미소를 지으며 말했다.

"주목받을 정도지."

아무리 그래도 이 대답에는 만족할 수가 없었다. 그래서 조금 더 파고들어 보기로 했다.

"애매한 대답이로군요. B급 정도만 되도 주목은 받을 텐데."

"뭐, 나도 자세히는 몰라. 측정해 본 적이 있어야 말이지."

"그건 그렇겠네요."

오연화는 납득하고 고개를 끄덕였다. 측정 기구는 국가 자산이라 아무에게나 빌려주지 않으니, 개인이 알아서 자신의 어벤저 스킬을 측정하기란 그리 쉽지 않다.

"질문은 이것으로 끝인가?"

최재철의 말에 오연화는 잠깐 고민하다가 일단 고개를 끄덕였다.

"일단은요."

"그럼 나도 부탁을 좀 해도 될까?"

가슴이 뛰었다. 좋은 의미로는 아니었다. 그러나 동요를 간신히 숨기며, 그녀는 아무렇지 않은 듯 되물었다.

"질문이 아니라요?"

"지금 너한테 궁금한 건 별로 없어서 말이야."

최재철의 말은 오연화에게 약간 상처를 주었다.

그녀는 나름 귀여운 언행으로 최재철의 호감을 조금이라도 사려고 했다. 그리고 그건 어느 정도는 성공적인 것으로 보였다.

'연기에는 자신이 있었는데.'

그녀는 속으로 혀를 찼다. 자신의 연기가 성공적이었다는 생각이 오연화의 일방적인 착각이었음이 드러났으니, 최소한 부끄러운 일이긴 했다.

"분석 스킬을 쓰지 말라는 거죠? 알았어요."

그래서 그녀는 조금 신경질적으로 그렇게 말했다. 하지만 최재철은 고개를 저었다.

"아니, 그것도 있지만, 그것뿐인 건 아니야."

"그럼요?"

최재철의 표정이 무섭게 변했다. 적어도 그녀는 무섭게 느꼈다.

"더 이상 팀에 민폐를 끼치지 마."

최재철의 말에 오연화는 눈을 깜박였다.

"제가 무슨……."

"오늘 일이야."

최재철은 오연화의 말을 확 잘라 버리고 대꾸했다.

"하긴 난 오늘 너하고 처음 만났으니 오늘밖에 없긴 하지만."

"오늘?"

"뭐야, 모르겠어? 정말로 눈치 못 챈 거면 곤란한데."

최재철의 목소리가 눈에 띄게 차가워졌다. 그런 최재철의 목소리를 들은 오연화는 자신의 팔을 내려다보았다.

소름이 돋아 있었다.

'어째서? 날이 그렇게 추운 것도 아닌데.'

그녀는 신경질적으로 자신의 팔 부분을 손바닥으로 비벼댄 후, 적절해 보이는 대답을 최재철에게 던졌다.

"인비지블 비스트를 상대할 때?"

"맞았어. 다행이네."

오연화의 대답을 들은 최재철의 목소리가 다소 온화해졌다. 그러자 오연화의 온몸에 돋아 있던 소름도 누그러졌다. 파르르 떨리던 손가락 끝도 조용해졌다.

'이건 뭐지?'

이렇게까지 확실한 변화가 자신의 몸에서 일어난 이상, 그녀도 이제는 받아들여야 했다.

'…말도 안 돼. 내가? 아무리 이 아저씨가 실력을 숨기고 있다 한들, C급을 상대로 S급 랭커인 내가……'

두려움을 느끼고 있다는 사실을.

그녀는 눈을 들어 다시 최재철을 보았다. 여전히 B급의 오 러다. 조금 전에도 그랬다. 최재철의 오러에는 변화가 없다. 처음 만났을 때부터 지금까지.

'그럼 무엇 때문에 나는 이 남자에게서 두려움을 느끼는 거지?'

생물로서의 본능.

그런 문구가 떠올랐다.

"그렇다면 네가 뭘 잘못했는지 내가 설명할 필요도 없겠군?"

최재철은 말했다. 마치 상급자처럼, 연장자처럼, 선생님처럼.

S급 랭커가 된 이후로, 누구도 그녀를 그런 식으로 취급하지는 않았다. 사람들은 S급 랭커를 괴물처럼 여기고 있었고, 또 그건 사실이었다.

생각하는 것만으로 사람을 그 자리에서 터뜨려 죽일 수 있는 괴물, 그게 오연화다.

물론 그녀가 실제로 그런 짓을 한 적은 없다. 만약 저질렀다면 지금 이 자리에 있지도 못했겠지. 아무리 그녀가 S급 랭커라 한들, 핵미사일을 맞으면 그 자리에서 죽는다.

아니, 굳이 핵미사일까지 끌어올 것도 없이 미사일만 맞아도, 로켓포만으로도 충분할지도 모른다. 실제로 맞아보지 않아서 모르지만, 어쨌든.

다른 사람들은 분명 오연화를 괴물 취급한다. 아직까지는 말을 잘 들어주는 맹수 취급이라고 하는 게 더 와 닿으려나.

사람을 습격하면 바로 살처분 당하겠지. 하지만 그전까지는 그럭저럭 대우도 잘 해주고, 일대일로 맞닥뜨리면 두려워하기도 한다. 완전 맹수 그 자체 아닌가!

그런 걸 미연에 방지하기 위해서 귀여운 자신을 연기한 것이기도 했는데, 아무래도 이 최재철이라는 남자에게는 무용지물이었던 모양이다. 이중의 의미로 말이다.

'자꾸 다른 생각을 하게 되네.'

오연화는 고개를 들어서 눈앞의 남자를 올려다보았다. 이 정체불명의 남자에게서는 그런 두려움이 느껴지지 않는다. 오히려 조금 전까지 그녀 자신이 이 남자를 두려워하고 있었다. 아무런 근거도 없이, 갑자기 찾아온 두려움에 당황하기까지 했다.

이건 좀 신선했다.

"…네, 뭐. 제가 당신을 신경 쓰느라 인비지블 비스트의 공격을 제대로 막지 못했고, 그래서 팀장님이 대신 막아주었죠."

"그래, 맞아."

최재철은 그녀의 대답에 만족한 듯 고개를 끄덕였다. 하지만 만족한 건 어디까지나 대답일 뿐, 그녀 본인은 아닌 모양인지 곧 미간을 찌푸린 채 이렇게 이어 말했다.

"게다가 그걸 계산에 넣고 움직였다는 게 마음에 들지 않아."

"그걸 계산에 넣었다니요?"

오연화는 놀라 되물었다. 그러자 최재철은 힐난하듯 말을 이었다.

"팀장님이 널 지켜줄 걸 알고 일부러 집중점 하나를 나한테 낭비한 거잖아."

최재철이 거기까지 간파했을 줄은 꿈에도 생각지 못한 터라, 오연화는 할 말을 잃었다.

최재철이 말한 집중점이라는 단어는 생소했지만, 그게 뭘 가리키는지 그녀는 금방 파악했다. 그녀는 어벤저 스킬을 사용할 때, 어느 한 좌표에 정신을 집중시켜서 그곳을 기점으로 능력이 발휘되도록 하는데 아마 그걸 가리키는 것일 터였다.

'역시 정신 능력계 어벤저인가.'

용어가 어찌 됐든, 집중점이라는 개념을 알고 있을 정도라면 이 남자도 역시 정신 능력계 어벤저 스킬을 사용할 수 있다고 보는 게 앞뒤가 맞았다.

'여기서 '그게 팀장님의 일이니까요'라고 대답하면 어떤 반응이 날아들까?'

오연화는 잠깐 생각했지만, 곧 그 충동을 접었다.

두려웠기 때문이다.

이 남자가 화를 낼까 봐.

…혼날까 봐.

'그래, 난 이 남자가 두려워.'

그녀는 자신의 두려움을 인정했다. 그렇다면 해야 할 대답은 단순해졌다.

"반성할게요."

"반성까지? 그럴 거라고는 예상 못 했는데."

최재철은 의외인 듯 눈을 크게 떴다.

"의외인가요?"

"그래. 네 인상이 좀 바뀌는군."

최재철이 웃었다. 오연화는 그의 웃음에 자신의 두려움이 눈 녹듯 사라진 것을 느꼈다. 가슴을 죄던 긴장감이 사라졌다.

이 느낌을 마지막으로 느꼈던 게 언제였더라.

'그래, 맞아.'

학창시절이었다. 담임 선생님한테 혼날까 봐 긴장했는데, 그게 아니었을 때.

그때의 기억을 떠올린 오연화는 웃음을 흘렸다. 그리고 문득 생각난 걸 곧장 입 밖에 내었다.

"재철 님, 꼭 선생님 같아요."

선생님.

그녀도 평범한 학생이던 때가 있었다.

21세기에 들어서 점차 학력이란 게 의미가 없어지기 시작하더니, 2020년 정도 됐을 때는 아무도 대학을 안 갔다. 차원 균열이 열리고 어보미네이션들이 쳐들어오는데 그게 무슨 의미가 있느냐며, 세기말도 아닌데 세기말적 분위기가 사회를 지배했다.

조금은 안정을 되찾은 지금에 이르러서도 이런 분위기가 완전히 바뀌지는 않았다. 그래서 오연화도 학교를 안 갔다.

그녀의 최종 학력은 중졸이다. 사실 어벤저 교육을 받으면서 중학교를 졸업한 것으로 인정해 주는 자격을 딴 거라 명확히 따지자면 중학교 중퇴지만, 그거야 아무렴 어떤가. 어차피 지금 그녀는 S급 랭커고, 학력 따위가 그녀를 재단할 수는 없다.

그럼에도 불구하고 S급 랭커, 괴물이 되어버린 그녀는 가끔 학창 시절을 그리워했다.

평범한 학생이었던 그때를.

"그래?"

최재철은 그녀의 말에 긍정도, 부정도 하지 않았다.

"…저도 지희 언니처럼 재철 님을 스승님이라고 불러도 되나요? 아니지. 스승님은 좀 그렇고, 전 선생님이라고 부를게요."

눈앞의 이 남자는 그녀를 평범하게 대해줄 것만 같았다.

중학생 1학년 때 첫사랑 상대였던 담임선생님처럼 자신을 대해줄 것 같았다. 그때는 결국 고백을 하지 못하고 아무 일도 없이 끝났다. 단지 그 정도의 에피소드라 한들, 그래서 오히려 달콤한 기억으로 남았다.

'뭐, 나만의 착각이겠지만.'

그렇게 자각을 하고 있음에도 불구하고, 오연화는 자신의 발언을 철회하려고 하지는 않았다. 대답을 기다리는 그녀의 가슴이 뛰고 있었다. 고백이라도 한 것처럼.

'이게 뭐라고.'

오연화는 자신의 가슴을 부여잡았다.

"S급이 C급 상대로 그렇게 부르고 다니는 건 별로……. 아, 아니지. 어차피 지희도 그러고 있으니 상관없나. 나이 차도 있고……."

최재철은 쑥스러운 듯 뒷머리를 긁더니, 멋쩍은 듯 말했다.

"그래, 뭐, 마음대로 해."

그 대답이 순수하게 기뻤다.

*　　　*　　　*

오연화에게 한 차례 설교를 해버린 최재철은 기묘한 우울함에 잠겨 있었다.

그는 가르치는 건 좋아하지만 설교하는 건 별로 좋아하지 않았다. 그래서 가급적이면 그냥 입 다물고 넘어가려고 하는 주의지만, 이계에 있었을 때 교장을 역임했던 이력 탓인지 자기도 모르게 설교를 해버리는 일도 종종 있었다.

오늘이 바로 그랬다.

설교 탓일까. 오연화도 어째선지 조용히 있었다. 그녀의 눈치를 보느라 힐끔거릴 때마다 오연화의 고개가 광속으로 돌아가는 걸 보니 그녀도 최재철의 눈치를 보고 있었던 모양이었다.

'조금 더 느긋하게, 천천히 친해져 가도 됐을 텐데.'

굳이 오늘 해야 됐어야 할 이야기도 아니었다. 오늘 처음 만난 사이이기도 했고. 다행히 오연화가 그의 설교를 잘 받아들여서 망정이지, 잘못했으면 오늘 일로 평생 척을 질 수도 있었다.

'하… 선생님이라. 비꼬는 거겠지.'

아무리 미성년이라고 해도 자존심이 있고 인격이 있다. 이런 최소한도의 반격조차 허용해 주지 않으면 나쁜 마음을 묵히고 원망까지 받게 될 수도 있다. 그 정도는 최재철도 이해하고 있었기에, 다소의 반격을 허용할 마음은 있었다.

'그래도 선생님이라니. …그 말은 정식으로 듣고 싶었는데.'

내심 오연화를 가르치고 싶었던 최재철의 입장에서 듣고 싶은 호칭이기는 했지만, 그걸 비꼬는 방식으로 듣게 될 줄은 예상하지 못했다.

'뭐, 앞으로 잘하면 되겠지.'

선생님, 선생님 부르다가 진짜 선생님이 될 수 있는 것도 아니겠는가? 최재철은 그냥 좋게 받아들이기로 했다.

"……!"

최재철의 시선이 획 돌아갔다. 오연화도 마찬가지의 반응이었다.

"선생님."

오연화가 그를 불렀다.

무슨 일이냐, 어떻게 해야 하지? 이런 말 같은 건 필요 없었다. 그들은 어벤저였다. 취해야 할 행동은 이미 정해져 있었다.

"가자."

*　　　　*　　　　*

손가락만 한 구멍이 허공에 떠 있었다. 마치 작은 차원 균열처럼. 그리고 그 작은 구멍에서는 차원력이 힘차게 뿜어져 나오고 있었고, 그 기세로 인해 조금씩 구멍이 넓어지고 있었다.

"이건… 별로 안 좋군."

"네? 그게 뭔데요?"

오연화가 놀라 물었다. 놀란 건 최재철도 마찬가지였다. S급 랭커도 이걸 모르다니.

"이거 처음 봐?"

"네……."

오연화는 어째선지 풀이 죽어 목소리를 낮췄다. 모른다는 것에 자존심이 상하는 모양이었다. 모르는 걸 모른다고 하는 게 이래저래 좋지만, 또 설교를 할 마음이 없었던 최재철은 그냥 설명해 주었다.

"막 생겨난 차원 균열이야. 이쪽에서 열지 않은… 그러니까 반대쪽에서 비집고 나오려고 하는 차원 균열이지. 즉, 곧 나올 거야."

"뭐가요?"

"차원 마수… 어보미네이션. 그것도 차원 균열을 만들어낼 수 있을 정도로 강력한 녀석."

거기까지 말한 후에 최재철은 씩 웃었다.

"하기야 S급 랭커가 있는데 딱히 긴장할 이유도 없지. 준비하자."

"아, 네!"

최재철의 말에 오연화는 조금 전보다는 자신감을 되찾은

목소리로 고개를 끄덕였다.

아니나 다를까, 거칠게 차원력을 뿜어내던 작은 차원 균열 주변에 차원 필드, 미군들이 쓰는 용어로는 헬필드가 깔리기 시작하면서 문어 같은 생물의 촉수 끝이 차원 균열을 비집고 나오기 시작했다.

"연화야."

"네!"

오연화는 의욕이 넘쳤다. 왜 의욕이 넘치는 건지는 모르겠지만, 지금 그에겐 좋은 일이었다.

"저거, 끌어낼 수 있겠어?"

"해볼게요!"

오연화의 집중점이 꿈틀거리는 촉수에 생기고, 그녀의 능력인 염동력이 발동하기 시작했다. 염동력의 손아귀가 촉수를 움켜잡았다.

"읏!"

염동력의 손아귀에 느껴진 촉감을 그녀 자신도 느끼고 있는 건지, 징그러운 듯 진저리쳤다. 그렇다고 손아귀를 놓거나 하지는 않았지만 말이다. 그녀는 손아귀로 촉수를 끌어당겼다. 그러자 저 작은 균열에서 나오는 거라고는 상상하기 힘들 정도로 거대한 생물이 조금씩 끌려 나오기 시작했다.

"히익!"

그녀의 입에서 조금 전과는 확연히 차이가 나는 비명과도 같은 신음 소리가 터져 나왔다. 그도 그럴 만했다. 방금 전의 그녀가 미끄덩거리고 차가운 촉감에, 즉 상상할 수 있는 징그러움에 진저리친 거라면, 지금 것은 상상 외의 것을 보았기 때문에 반응에서 차이가 날 수밖에 없었다.

평범한 생물의 몸에 해당하는 부분에는 십자 모양으로 갈라지고, 날카로운 이빨이 촘촘히 박힌 입을 쩌억 벌리고 있다. 게다가 그 몸의 머리가 달려 있어야 할 자리에 촉수 두 개가 돋아나 있고 팔다리가 붙어야 할 곳도 촉수가 붙은 데다, 그 모든 촉수에 빼곡히 안구가 돋아난 끔찍한 모습이었다.

그런 이 세상의 것이 아닌 게 분명한 생명체를 보았다면 누구라도 비명을 지를 것이다. 물론 이미 그걸 한번 본 최재철은 비명 같은 건 지르지 않았지만 말이다.

"후."

그는 짧은 한숨을 내쉬며 차원 균열에서 끌려 나오는 차원 마수를 바라보았다. 원래대로라면 이 세상의 존재가 발음할 수 없는 방식의 이름을 가진 그 차원 마수는 최재철이 있던 이계에서 틈새의 눈이라 불렸다.

틈새의 눈은 그 어떤 차원에도 소속되지 않은, 차원 균열 속에서만 존재하는 강력한 마수다. 차원 균열 속에서 태어난 이 마수는 다른 차원의 모든 것을 관찰하려 든다.

문제는 그 관찰의 방식이 파괴라는 점이다. 가장 먼저 겉모양을 감상한 후, 껍질을 까서 속을 보고, 반으로 갈라서 단면을 관찰한다. 그 관찰이 끝나면 한입 크기로 잘라내 자신의 입에 집어넣어 맛을 보는 수순을 따른다. 당연히 관찰의 대상은 이 과정에서 죽게 된다.

그리고 지금 틈새의 눈이 겉모양을 감상하고 있는 개체는 다름 아닌 오연화였다. 중력을 무시하고 여기가 우주 공간인 것처럼 둥실둥실 떠 있는 틈새의 눈은 촉수에 빼곡히 달린 수많은 안구로 오연화를 주시하고 있었다.

틈새의 눈이 다음에 취할 행동은 명백했다. 오연화의 껍질을 벗기기 위해 촉수 끝에 우수한 절삭력을 지닌 차원력 커터를 꺼내 들었다. 지금 최재철이 사용하고 있는 절단 능력과 비슷한 성질의 능력이다.

하지만 그 차원은 말 그대로 다르다. 차원의 벽을 가르고 차원 균열을 만들어낼 정도의 차원력 커터. 어중간한 방어나 반사, 무효화 능력은 그냥 무시하고 관찰 대상을 토막 낸다. 그 커터의 사정거리 안에 들어가기만 해도 위험했다.

"쳐!"

그걸 알고 있는 최재철은 벼락처럼 외쳤다. 다행히 오연화는 즉시 반응했다.

오연화가 뻗은 염동력 펀치가 틈새의 눈을 노리고 날아들었다. 틈새의 눈은 차원력으로 강화한 촉수를 내밀어 그 펀치를 손쉽게 막아내었다. 그러나 공격은 아직 끝난 게 아니었다. 다음 일격! 그 또한 막혔다. 그 다음 일격마저 막아내기 위해 촉수를 움직이고 있는 틈새의 눈을 향해 최재철이 파고들었다.

틈새의 눈은 수많은 안구로 최재철의 움직임 또한 파악하고 있었다. 세 개의 촉수는 오연화의 염동력 펀치를 막아내고 있었고, 하나는 염동력 손아귀에 붙잡혀 있었다. 틈새의 눈은 남은 두 개의 촉수를 최재철을 향해 뻗었다. 물론 차원력 커터를 전개한 채로!

인간의 팔다리 따위는 젤리 썰어내듯 손쉽게 잘라낼 수 있는 우수한 차원력 커터지만, 그걸 갖고 있는 건 틈새의 눈만은 아니었다. 최재철도 양손에서 차원력 커터를 전개해, 틈새의 눈이 뻗은 커터와 상쇄시켰다. 평소에 C급 어벤저로서 사용하고 있는 절단 능력과는 차원이 다른, 틈새의 눈과 같은 레벨의 차원력 커터다. 당연히 상쇄가 가능했다.

틈새의 눈이 웃는 것처럼 보였다. 십자로 난 입이 묘한 곡선을 그린 것처럼도 보인다. 이미 오연화의 공격을 상쇄한 촉수를 돌려서, 틈새의 눈은 최재철을 반으로 쪼개려 들었다. 차원력 커터로 감싸인 촉수가 힘차게 그의 머리를 향해 내려쳐졌다.

좌악.

다음 순간, 틈새의 눈의 입이 쩍 벌어졌다. 그 표정은 지금 무슨 일이 일어난 건지 이해하지 못하는 것처럼도 보였다. 그리고 그건 오연화도 마찬가지인 듯, 공격을 멈추고 눈은 깜빡거리고 있다.

틈새의 눈의 촉수가 잘려 나가 허공에 둥실거리고 있었다. 반투명한 혈액을 흩뿌리며 허공에서 꿈틀거리던 촉수는 마치 지금 생각났다는 듯 중력에 사로잡혀 지면에 내동댕이쳐졌다.

"계속 쳐!"

"아, 네!"

최재철의 외침에 정신을 차린 오연화는 공격을 재개했다. 틈새의 눈도 다급하게 다시 방어 행동을 시작했다.

퍼억.

으드드득.

이 촉수 하나를 공격에 돌리느라 방어가 소홀해진 탓에, 염동력 펀치 한 방이 제대로 들어갔다. 두 촉수의 사이, 인간으로 치면 옆구리로 칠 부위에 강력한 일격이 작렬했다.

"카아아아아악!"

틈새의 눈은 소름 돋는 비명 소리를 내질렀다.

"좋아!"

최재철은 마수가 고통으로 인해 몸을 비틀고 있는 빈틈을 놓치지 않았다. 촉수에 달린 안구들의 동공이 크게 벌어졌다. 틈새의 눈은 최재철에게 이미 두 개의 촉수를 할당하고 있음에도 불구하고 자신의 품속으로 달려드는 그의 모습을 보고만 있을 수밖에 없었다.

틈새의 눈이 촉수를 두 개나 그에게 할당했기 때문에, 최재철도 그 공격을 막느라 휘두를 팔은 없었다. 그러나 이번에도 조금 전과 똑같은 일이 일어났다.

써걱.

"키아아아아아악?!"

끔찍한 비명 소리가 다시 한 번 울려 퍼지며, 촉수가 하나 더 내동댕이쳐졌다. 그 비명 소리에는 고통뿐만 아니라 당황과 당혹, 그리고 미지에 대한 공포가 섞여 있었다.

"잘 하고 있어."

마수가 내지르는 비명을 들으며 최재철은 만족스럽게 말했다. 촉수 셋으로도 막기가 버거웠던 오연화의 염동력 펀치다. 순식간에 촉수 두 개가 잘려 나가자 더 이상 버틸 수가 없었던 틈새의 눈은 최재철을 공격하던 촉수를 거두고 도망치려고 했다.

그 틈을 놓치지 않고 최재철은 한층 더 과감하게 틈새의 눈을 향해 파고들었다. 그가 염동력 커터를 휘두르자, 틈새의 눈은 피하기 위해 촉수를 꿈틀거렸지만 완전히 피하지는 못했다.

촉수 하나가 더 잘려 나갔다.

'어떻게? 무엇으로?'

촉수의 눈들은 최재철에게 그렇게 묻고 있는 것 같았다. 수백 개의 안구를 동원해도 틈새의 눈은 최재철이 어떻게 자신의 촉수를 잘랐는지 알아내지 못하고 있었다.

"역시 그렇게 많은 눈을 갖고도 보지 못하는군."

최재철은 틈새의 눈을 비웃었다. 물론 이 마수는 지구의 언어를 모르므로 알아듣지 못하겠지만, 상관없었다. 아직 살아남은 촉수의 눈들이 분한 듯 부릅뜨는 것이 보였다. 이제부터라도 최재철에게 집중하려는 걸까. 하지만 이미 늦었다.

"동체를 붙잡아!"

최재철의 외침을 들은 오연화는 지금껏 촉수 하나를 붙잡고 있던 염동력 손아귀를 자신 쪽으로 확 끌어당기고 또 다른 손아귀로 마수의 동체를 붙잡았다.

"쿠구구구구국!"

더 이상 도망칠 수 없다는 사실을 알게 된 틈새의 눈은 최후의 발악인 양 살아남아 있는 모든 촉수를 최재철을 향해 휘둘러 왔다.

"후."

그러나 최재철은 짧게 숨을 내뱉고 양손의 차원력 커터와 또 하나의 커터를 휘둘렀다. 남아 있던 세 개의 촉수가 모두

한꺼번에 잘려 나갔고, 틈새의 눈은 말 그대로 그 이름도 무색하게 입만 산 존재가 되었다.

"이제 보였나?"

제3의 차원력 커터.

염동력을 사용하는 방식에서 응용해 온 복합 능력. 집중점을 기준으로 삼아 차원력을 뿜어내 적을 자르고 가르는 기술.

물론 이런 곡예를 누구나 할 수는 없다. 애초에 다중 능력을 다루지 못한다면 그보다 높은 단계의 복합 능력은 꿈도 꾸지 못하니 말이다. 간단해 보이지만 엄청난 고도의 능력이라 할 수 있었다.

실제로 이미 여러 능력을 동시에 다루게 되어 마법사라는 칭호를 얻은 그의 제자들마저 최재철의 가르침을 받고도 이 능력을 제대로 사용하지 못했다. 그의 이러한 응용 능력이 그를 다른 마법사와 차별화시키고, 대마법사라는 칭호로 불리게 만들었다고 해도 과언은 아니었다.

당연하지만 현재의 최재철은 절대 사용할 수 없는 경지의 능력이다. 그럼에도 오연화의 앞에서 이런 능력을 꺼내 보인 이유는 틈새의 눈이 그만큼 강력한 마수이기 때문이었다. 최재철은 절대 처치할 수 없을 정도로 강한 상대라, 하는 수 없이 김인수의 능력을 끌어다 써야 했다.

실제로 모든 촉수를 잃었음에도 불구하고 틈새의 눈은 아직 살아서 흉악한 입을 뻐끔거리고 있었다.

"죽일까요?"

오연화가 물어왔다. 반짝거리는 시선과 함께. 김인수에게는 익숙한 시선이다. 저 시선에 담긴 감정은 동경이다. 기분은 좋았지만, 동시에 위험 또한 느꼈다.

역시 오연화에게 숨길 수는 없었다. 이렇게까지 대놓고 복합 능력을 보여주고도 모를 거라고 생각하는 것 자체가 무리수긴 하지만, 그래도 일말의 희망 같은 건 품고 있었다.

그러나 오연화의 시선은 '전 당신이 얼마나 대단한 걸 한 건지 알아요!'라고 외치고 있었다. 최재철은 그런 그녀의 시선을 눈치채지 못한 척하며, 가볍게 대꾸했다.

"아니. 죽이면 되살아날 거 아냐. 힘들어, 피곤해. 그거 그냥 차원 균열 속에 넣어버려."

"네."

오연화는 단 한 마디의 반론조차 하지 않고 순순히 최재철의 말에 따라 차원 균열 속에 마수의 머리통을 밀어 넣어 버렸다.

"아, 촉수들은 남겨놔. 비싸게 팔릴 거야."

염동력 손아귀로 잘려 나간 촉수들을 모아들이고 있는 오연화에게, 최재철은 그렇게 덧붙였다.

"아주 수익이 없는 건 아니로군요."

저 멀리서 헬기 로터 소리가 들렸다. 틈새의 눈의 출현으로 인해 일어난 차원력 파동을 감지하고 화력지원 팀이 날아오고 있는 것일 터였다.

일을 그전에 처리해야 했다.

최재철은 공터에 어질러진 종이 박스 무더기를 들어 올렸다. 거기엔 30㎝ 정도 크기의 입방체가 놓여 있었고, 불길한 빛과 진동을 내고 있었다. 그는 이 물건을 처음 보지만, 이 물건의 용도는 쉽게 알 수 있었다.

"하, 개새끼들."

최재철의 입에서 자기도 모르게 나온 욕설에 오연화가 움찔 몸을 떠는 것을 보았다.

그는 상관하지 않았다. 대신 기계를 주먹으로 박살 냈다. 빛과 진동은 사라졌고, 그와 동시에 사람 머리통보다 조금 더 크게 벌어져 있던 차원 균열은 조금씩 작아지기 시작하더니 이윽고 닫혀 버리고 말았다.

"아직 차원 균열이 안정화되기 전이어서 다행이로군. 잘 닫혔어."

최재철은 안도의 한숨을 토해내었다. 차원 균열 주변의 헬 필드도 자취를 감춘 것을 확인하는 그를 바라보며, 오연화는 어리둥절한 채 질문했다.

"뭐, 뭐죠?"

"차원 진동기야. 차원 균열을 열기 위한⋯ 정확히는 균열 너머의 마수를 불러들이기 위한 기계야."

"차원 균열을 연다고요? 그것도 마수를 불러들여서?"

"그래. 너도 방금 봤잖아? 이걸 망가뜨리니 차원 균열이 사라지는 걸."

최재철은 망가뜨린 차원 진동기의 뚜껑을 비틀어 따고, 복잡한 기계장치를 헤집어 수리가 불가능한 상태로 만든 후 내부에서 뭔가를 꺼냈다. 그것은 투명한 판이었는데, 일견 유리처럼 보였지만 표면을 두드리니 쇳소리가 났다.

"봐라."

최재철은 그걸 오연화에게 내밀었다. 오연화의 얼굴이 경악으로 일그러졌다.

"이건⋯⋯!"

"뭔지 아는 거야?"

"네. 이건 다이아 스틸이라는 이름이 붙은 금속이에요. 저도 직접 보는 건 처음이지만 어벤저 네트워크에서 S급 랭커 전용 정보로 공개된 페이지에서 본 적이 있어요. ⋯한국은 물론이고 지구에서도 구할 수 없는 물질이죠."

지구에서는 다이아 스틸이라고 부르는 모양이로군. 최재철은 그런 말을 꺼내지는 않았다. 대신 그는 오연화에게 이어서 질문했다.

"그럼 어디에서 구할 수 있지?"

"…차원 균열 너머요."

오연화는 정답을 말했다. 최재철은 고개를 끄덕였다.

"그렇군. TA에서는 아직 차원 균열 탐사를 진행하고 있지 않다고 했지?"

"네. TA는 물론이고 다른 기업들도 마찬가지죠. 사실상 지금 지구상에서 차원 균열 탐사를 나설 수 있는 집단은 둘뿐이에요."

"미군과 WF, 맞나?"

"…맞아요. 그리고 그 다이아 스틸을 차원 균열 속에서 가져올 수 있는 것도 그 두 집단뿐이라는 뜻이 되죠."

오연화는 불쾌한 듯 거친 목소리로 말했다.

"미국이 우리나라에 일부러 차원 균열을 열려고 이런 기계를 만든 게 되나요?"

"그럴 수도 있겠지. 그럴 가능성이 제로는 아니야."

"그게 아니면……!"

"그래, 그럴 수도 있어."

오연화의 말을 도중에 끊어버리고, 최재철이 말했다. 그 말을 들은 오연화는 고개를 저었다.

"그건 말도 안 돼요. 그 사람들도 한국인이잖아요? 자기 조국에다가 차원 균열을 열려고 드는 미친 짓을……."

"뭐, 지나친 억측을 미리 할 필요는 없지."

최재철은 그 투명한 금속판을 슥슥 닦아서 품속에 집어넣었다. 그걸 본 오연화가 미간을 찌푸리며 질문했다.

"그 다이아 스틸 판을 어떻게 하실 거죠?"

"누가 잃어버렸는지 확실해질 때까지는 내가 맡아둘 셈이야."

최재철은 입술 끝을 비틀어 올린 채 말했다.

"이 금속판을 찾으러 오는 게 WF일지, 미군일지. 참 기대되는군."

*   *   *

최재철은 오연화와 미리 말을 맞춰, 여기에서 열릴 뻔했던 차원 균열과 차원 진동기에 대해서는 공개적인 언급을 꺼리기로 했다. 그저 여기에 나타난 어보미네이션, 빅 마우스를 둘이서 처치한 것으로 상황 설명을 마쳤다.

'틈새의 눈이 빅 마우스라니. …뭐, 확실히 그게 입이 크긴 하지.'

최재철은 피식피식 웃으며 그런 생각을 했다. 어쨌든 빅 마우스가 남기고 간 촉수들을 판매해서 최재철은 2천만 원의 수익을 올렸다.

"이건 제 돈이 아니에요."

그의 옆에 선 오연화가 입술을 삐죽거렸다. 자신의 휴대폰에 문자로 찍힌 금액을 보면서 하는 말이었다. 거기에는 1억 원이 조금 넘는 금액이 찍혀 있었다.

최재철이 어보미네이션 처치의 공헌도를 오연화 쪽으로 높게 잡았기 때문에 이런 결과가 나왔다. 상식적으로 생각해도 빅 마우스는 C급이 무슨 수를 써도 처치할 수 없는 어보미네이션이기 때문에 이게 더 자연스러웠다.

하지만 오연화는 그렇게 생각하지 않는 듯했다.

"선생님, 계좌 번호 불러주세요."

"싫어."

"왜요? 돈 드리려고 하는 거예요."

"나도 알아. 그게 싫다는 거야. 그 돈은 네가 갖고 써. 그게 자연스러워."

오연화라는 개인에게 그의 숨겨진 능력을 드러내는 건 별 상관없지만, 데이터로 남는 기록은 이야기가 다르다. 그리고 통장 거래는 말할 것도 없이 공식적인 기록이다.

오연화가 돈을 인출해서 현금으로 그에게 떠안겨 준다면 모를까, 계좌 이체 같은 부자연스러운 짓을 용인할 이유가 없었다.

그렇다고 현금으로 주라고 요구할 생각도 최재철에게는 없었다. 몇 푼 안 되는 돈보다는 오연화라는 사람을 얻는 게 최재철에게는 더 중요하다.

'뭐, 1억이 몇 푼 안 되는 돈은 아니지만. 오연화의 가치에 비하면 푼돈이지.'

지금은 방위산업체에 근무 중이라 그리 많은 돈을 받지 못하는 몸이지만, S급 랭커인 오연화는 그 자리에서 숨만 쉬고 있어도 부자들이 찾아와 돈을 안겨줄 신분이다. 그러나 본인은 그렇게 생각하지 않는지 재차 계좌 번호를 요구해 왔다.

"됐어. 넣어둬."

"하지만……."

"하지만이고 뭐고, 됐어. 내가 됐다는데 왜 고집이야?"

오연화의 입술이 한층 더 삐죽 나왔다. 어마어마하게 불만스러운 모양이었다. 그런 그녀를 보며, 최재철은 픽 웃었다.

"나중에 다른 걸로 갚아."

"다른 거? 그게 뭐죠?"

"나중에 나 한번 도와주면 되지."

"도울게요! 제가 뭘 도우면 되죠?"

"아니, 지금 말고."

아무래도 오연화는 빚지고는 못 사는 성격 같았다. 사실 이게 빚이라고 할 것도 아닌데 이렇게 빨리 갚으려고 하는 걸 보니. 지금도 불만스러운지 표정이 별로 좋지 않았다.

어쨌든 어보미네이션의 잔해를 치우고 하는 데 시간이 좀 걸려서, 어느새 시간은 오후 11시를 넘어가고 있었다.

"시간이 많이 늦었군. 부모님이 걱정하시겠다. 얼른 가자."

자정이 다 되어 가는데 미성년인 여자애를 아직도 집에다 데려다주질 못했으니, 그녀의 부모님에게는 뭐라고 변명해야 할지조차 제대로 떠오르질 않았다.

"…네."

오연화는 어두운 표정으로 고개를 끄덕였다.

'혼날 게 걱정인 거려나.'

최재철은 가볍게 생각했다. 아무리 S급 랭커라 한들, 이 나이대의 여자애가 제일 무서워하는 건 역시 부모일 터였다.

"저기, 선생님."

"어?"

"저희 부모님 뵙고 가시겠어요?"

"…그러지."

어쨌든 오연화가 늦어진 원인의 상당 부분은 최재철이 제공했다. 같이 변명이라도 해줘서 덜 혼나게 만들어주는 게 최소한도의 배려라 할 수 있으리라.

*   *   *

거대한 주상 복합 단지의 위용이 보는 사람을 압도했다. 8년 전의 대재해 이후에 지어진 이 주상 복합 단지는 마치 중세 시대의 성을 연상하게 했다. 단단한 외벽으로 외적으로부터 자신을 보호하고 내부에 틀어박힌 채 모든 것을 자급자족하기 위한 시설.

처음에는 굉장한 인기를 자랑했으리라고 익히 짐작이 갔다. 차원 균열에서 쏟아져 나오는 마수들로부터 자신을 보호하기에 딱 좋은 시설이라는 생각이 들 만도 했으리라. 애초에 그런 목적으로 세워진 건물일 터였다.

하지만 곧 인기가 식었으리라는 짐작 또한 가능했다. 저 안에서 사람이 어보미네이션으로 변이해서 날뛰기 시작한다면? 그 상상 하나로 저 현대의 성채는 바로 존재 의미를 잃어버린다.

그래서일까, 아무리 자정이 가까운 시각이라지만 주상 복합 단지는 지나치게 조용했다. 적어도 저 주택들이 꽉 차 있지는 않으리라는 추정을 쉬이 할 수 있었다.

그럼에도 불구하고 여전히 아무나 살 수는 없는 주택일 것이다. 4층까지는 온갖 상점과 시설이 가득 들어차 있고, 지하철까지 바로 연결되어 있는 최고급 주택이 저렴할 리는 없으니까. 더군다나 위치마저 종로다.

'비워두는 것보다는 가격을 내려서라도 사람을 들이는 게

낮다'는 정책을 좀처럼 취하기 힘든 프리미엄급 매물의 비애도 작용할 테니 여전히 엄청나게 비싼 집값을 자랑할 터였다.

그런 곳이 오연화의 집이었다.

"역시 S급 랭커는 사는 곳도 다르군."

"그죠?"

오연화는 최재철의 말에 딱히 반박하지도 않았다.

"제 돈으로 산 건 아니에요. 회사에서 줬어요. S급이라도 방산이라서 연봉은 그렇게 못 챙겨주지만 현물로라도 지급해 주겠다며 입사할 때 계약해 주더군요."

그렇게 말하는 그녀의 목소리에는 별로 자랑하는 기색이 없어 보였다. 그렇다고 '이 정도는 당연하다'는 식으로 말한 것도 아니었다. 오히려 그 반대였다. 목소리만 듣자면 그녀는 마치 이 집에서 억지로 살고 있는 것처럼 보였다.

그녀의 속내야 어쨌든, 그녀가 말한 내용을 듣자 하니 최재철은 자신의 추측을 좀 수정해야 할 것 같다고 생각했다.

S급 랭커는 숨 쉬는 것만으로도 돈을 벌 수 있다. 이게 그 좋은 예였다.

안에서 어보미네이션이 날뛰면 어떻게 하지? 그 염려를 불식시키는 가장 좋은 수단이 바로 S급 랭커 어벤저의 존재니까. 우리 아파트에는 S급 랭커가 살아요! 이거 하나로 이 아파트의 가격은 정점을 찍을 수 있다.

그리고 이 아파트에는 오연화라는 S급 랭커 어벤저가 산다.

'그냥 비싸서 많이들 못 사는 것이겠군.'

최재철은 그렇게 자신의 짐작을 좀 수정했다. 그런 생각에 잠겨 있던 최재철의 손을 오연화가 덥석 잡았다.

"들어가요."

오연화는 어째 좀 신이 난 듯 말했다. 방금 전의 자기 집에 대해서 말할 때와는 완전히 다르다. 그런 그녀의 태도는 최재철에게는 이상하게 보였다.

'이제부터 엄마한테 혼나게 될 텐데, 왜 신이 났지?'

그렇다고 여기까지 와서 약속을 어길 이유도 없으니, 최재철은 순순히 오연화의 뒤를 따라 아파트 안으로 들어갔다.

그들은 카드 키로 세 개나 되는 게이트를 일일이 열어서 들어가자 드디어 엘리베이터 앞에 설 수 있었다. 쓸데없이 보안이 철저하다는 생각을 하며, 최재철은 오연화와 함께 엘리베이터 안에 들어갔다. 엘리베이터에는 그들 외에는 없었다.

오연화는 카드 키로 엘리베이터의 잠금장치를 해제하고 버튼을 눌렀다. 38층. 최상층이었다. 엘리베이터는 소리 없이 빠른 속도로 상승을 시작했다. 고속 엘리베이터라 그런지 얼마 걸리지 않아 도착했다.

이 층에 사는 건 오연화네 집뿐인 모양이었다. 문이 하나뿐이었다. 오연화는 지문 인식 장치를 이용해 집 현관문을 열었다.

집은 엄청나게 넓었다. 풋살 경기장만 한 거실에는 냉기가 감돌고 있었다. 벽걸이 TV는 오랫동안 켜지 않은 듯 화면에 먼지가 붙어 있었다. 집 안은 어두웠다. 불은 꺼져 있었다. 오연화의 부모님은 모두 잠들어 계신 것 같았다.

그런데 오연화가 외쳤다.

"다녀왔습니다! 엄마, 나 왔어!!"

최재철이 말릴 새도 없었다. 하긴, 말릴 이유도 없었다. 가정사야 모두 다른 법이고, 굳이 그가 끼어들어 뭐라고 할 권리는 없었다. 그런데 오연화의 외침에도 대답은 돌아오지 않았다.

아니, 사실 최재철은 이미 눈치채고 있었다.

이 집에는 아무도 없다.

지금 들어온 그들을 제외하고는.

먼저 집 안에 들어간 오연화는 현관에 선 채 움직이지 않는 최재철을 향해 돌아섰다. 연극은 끝났다는 듯, 그녀의 표정은 더 이상 밝지 않았다.

"들어오세요."

이건 함정이다. 그런 생각은 하지 않았다. 그래서 그는 그녀의 말대로 신발을 벗고 집 안에 들어섰다. 난방이 되지 않은 방바닥의 냉기가 발바닥을 타고 올라왔다.

거실의 코너를 돌자 보이는 한쪽 벽면에 꽤 고운 어머님의 사진이 걸려 있었다. 생활감이 없는 드넓은 거실에 보기 드물게 따스함이 존재하는 공간인 것 같았다.

"엄마 영정이에요."

오연화가 말했다. 아무렇지도 않게, 혹은 아무렇지 않은 척하며.

"하……."

최재철은 답답함에 한숨을 토해내었다. 문득 생각났기 때문이다. 그는 인규 사진은 물론이고, 부모님 영정조차 챙기지 못했다.

지갑에 넣어 다니던 가족사진은 그가 처음으로 계약마와 계약했을 때 지갑째로 빼앗겼다. 다른 사진은 옛날 그가 살던 집에 가면 있을지도 모르지만, 없을 가능성이 더 높았다. 월세로 살던 집인데 10년간 월세를 못 냈다. 어떻게 됐겠는가? 최재철은 굳이 상상하고 싶지 않았다.

게다가 김인수라는 존재는 지구에서 잊힌 채여야 했다. 그렇다면 최재철의 모습으로든 뭐로든 옛집에 가까이 갈 생각도 하지 말아야 했다. 적들에게 단 하나의 단서도 줘서는 안 되니, 당연한 판단이었다.

그러나 어쨌든 그는 사진 한 장조차 가져오지 못했다. 동생과 부모님의 얼굴은 이제 기억 속에만 있다. 이 기억이 언젠가 변질되지 않으리라 누가 보증할까.

그래서 이렇게 어려서부터 부모를 잃은 오연화를 보고도 그가 느낀 감정은 연민 같은 게 아니라 부러움이었다. 그리고 부러움부터 느끼는 자기 자신에 대한 혐오였다.

"미, 미안해요."

최재철이 내쉰 한숨 소리를 듣고 무슨 오해를 했는지, 오연화가 갑작스레 사과했다.

"속이려고 한 건 아니었어요. 그냥… 집에 혼자 들어오기가 싫어서."

울먹거리는 소리가 섞이기 시작한 오연화의 말에, 최재철은 이것마저 연기는 아니리라고 판단했다. 물론 그녀의 속내에는 그에게서 동정심을 끌어내려는 계산이 전혀 없지는 않았을 터였다. 그게 전혀 먹히지 않아서 당황한 것도 맞을 거라 보았다.

하지만 집에 혼자 들어오기 싫다는 말은 진심에서 우러난 것일 터였다.

김인수는, 최재철의 모습을 한 김인수는 생각했다.

어머니가 돌아가시고, 동생이 죽고, 아버지까지 잃었을 때, 미래도 없고, 보람도 없는 계약직 노동에 시달리다 피로로 푹 젖은 채 집으로 돌아온 그 날의 일을.

집 안은 조용했다. 문을 닫고, 잠깐 현관에 멍하니 섰다. 그러다 문득 터져 나오는 울음을 참지 못해 그 자리에 엎드려서럽게 울었다.

10년 전의, 20대였던 당시의 그도 그랬다.

그렇다면 이 꼬마는 어떻겠는가.

이 넓고 화려하지만 온기 없는 집에서, 언젠가 그녀도 그처럼 주저앉아 울었을까.

그거야 모른다. 어떻게 알겠는가.

하지만 그는 그녀에게 그랬던 적이 있는지 물어보는 대신, 조용히 그녀의 머리에 손을 얹었다. 여자애의 머리 모양을 망치는 것은 매너가 아니란 걸 나중에 떠올렸지만, 이미 올린 손은 어쩔 수가 없었다.

"안녕하세요, 어머니. 연화 선생입니다."

최재철은 오연화 어머니의 영정에 고개를 숙여 보였다.

"잘 가르치겠습니다."

"……!"

몇 초 정도는 오연화도 참았다.

하지만 결국 끝까지 참지는 못했다. 소리를 죽이고 울기 시작했다.

필사적으로 울음을 삼키려고 애쓰는 그녀의 모습을 곁눈으로 내려다보며, 그는 다시금 입 밖으로 새어 나오려는 한숨을 억지로 참았다.

*   *   *

"지희 언니는 스스로 계약을 맺었다고 했죠."

어느 정도 진정된 후에 오연화는 그렇게 이야기를 시작했다.

"저는 아니에요, 저는…… 처음에는 아빠였어요."

그녀의 이야기는 아직도 두서가 없었지만, 최재철은 아무 말도 하지 않고 잠자코 그녀의 이야기를 들었다.

"아빠는 데릴사위였어요. 아, 저희 엄마 집안이 꽤 유복한 편이었어요. 그래서…… 그런데 아빠가 바람을 피우고 말았죠. 화가 난 엄마가 아빠를 몰아세웠는데, 그때 그 목소리가 들렸어요."

[힘을 원하나.]

"무슨 생각이었는지, 아빠는 고개를 끄덕이고 말았고…… 그 자리에서 계약이 성립되었어요. 아빠는 어보미네이션으로 변이해 버렸고, 곧장 엄마를 잡아먹으려고 했죠. 그런데 그 자리에서 또 다른 목소리가 들렸어요."

[힘을 원하나.]

"엄마도 고개를 끄덕였어요. 제 앞에서, 이렇게 말하면서."

"힘은 저 아이에게, 대가는 나야."

"엄마가 무슨 생각으로 그런 말을 했는지는 모르겠어요. 어쨌든 저는 그렇게 어벤저로서의 힘에 각성했고, 엄마는… 엄마는……."

오연화는 다시 울먹이기 시작했다.

"됐어."

최재철은 드디어 입을 열었다.

"알았으니까."

그 이후의 이야기는 다음과 같다.

오연화의 어머니도 어보미네이션이 되었을 것이다. 그리고 두 어보미네이션은 서로 싸우기를 그만두었을 것이고, 가장 가까이에 있는 사냥감을 노렸을 것이다. 그 대상은 물론 오연화였다. 하지만 오연화는 이미 각성한 상태였고, 그녀는 살아남기 위해 최선을 다했을 것이다.

"네가 잘못한 게 아니야."

최재철의 말에 오연화는 몸을 움찔 떨었다. 그리고 마치 한계까지 차올라 있던 감정의 보가 무너져 내리기라도 한 듯, 오열을 토해내었다.

자신의 손으로 부모를 죽였다.

오연화는 줄곧 그렇게 생각해 왔을 터였다. 물론 실제로는 전혀 그렇지 않다. 그녀가 죽인 것은 자신의 목숨을 위협해 오는 어보미네이션이다.

그럼에도 불구하고 그녀는 지금껏 누구에게도 이 이야기를 털어놓지 못했을 것이고, 그렇기에 누구의 위로도 받지 못했을 것이다.

하필이면 왜, 오늘 처음 만난 최재철에게 이런 이야기를 토해낸 것일까. 그 이유는 그녀 본인도 모를 터였다.

어쩌면 오늘 처음 만났기 때문에 털어놓을 수 있었을지도 모른다. 아니면 단순히, 그녀 본인이 한계에 달해 있었을지도 모른다. 이런 이야기를 혼자 품고 있기에 그녀는 너무 어렸다.

최재철은 오연화가 자신에게 안기는 것을 허용했다. 그의 양복을 눈물과 콧물 범벅으로 만드는 것도 허용했다. 그리고 그녀의 등을 토닥이고, 그녀의 머리를 쓰다듬었다.

그러자 그녀는 진정하기는커녕, 한층 더 서러운 눈물을 쏟아내었다. 어린애처럼, 어떤 의미에서는 그녀의 나이에 걸맞은, 그런 눈물을.

*　　　*　　　*

WFF 부사장실.

전화기가 울렸다. WFF의 부사장, 진가충은 신경질적으로 전화기를 잡아채었다.

"말하게."

─죄송합니다, 부사장님.

전화기 너머로 들려온 목소리는 무작정 사죄부터 했다. 그런 전화기 맞은편의 상대에게 진가충은 차가운 목소리로 말했다.

"내가 듣고 싶은 건 사죄가 아니네. 보고하게."

─실패했습니다.

"변명할 기회를 주지. 변명하게."

─이지희가… 어벤저로 각성했습니다.

"별것 아닌 변수로군. 그래, 그래도 그런 변수로 하루쯤 늦어질 수도 있지. 하지만 말일세, 더는 안 되네."

진가충은 으르렁거렸다.

"내일까지. 내일 오후 8시까지 내 앞에 이지희를 데려다 놓게. 알겠는가?"

─알겠습니다, 부사장님. 최선을 다하겠…….

"최선이 아니라 결과를 보이게."

진가충은 전화를 끊었다.

"되는 일이 없군그래. 안 그런가?"

한숨을 푹 내쉬며 의자에 몸을 파묻은 그는 자신의 앞에 차렷 자세를 취하고 있는 이에게 동의를 구했다.

"죄송합니다, 부사장님."

"그래. 다시 한 번 말해보게. 뭐랑 뭘 실패했다고?"

"아드님을 살해한 범인인 박기범에 대해……."

"그거 말고. 그게 뭐 중요하겠는가? 더 중요한 걸 말하게. 보고하게."

진가충은 보고자를 노려보았다. 보고자는 움찔하며 진가충의 시선을 피했다. 그의 손끝이 바들바들 떨리기 시작했다.

"…죄, 죄송합니다. 죄송합니다, 부사장님!"

마른 목소리로 보고자는 필사적으로 사죄하기 시작했다. 그러나 진가충의 태도는 바뀌지 않았다. 그는 거듭 보고를 종용했다.

"보고를 하라니까."

"죄송합니다! 죄송합니다!!"

진가충은 의자에서 일어나, 마침내 무릎마저 꿇고 만 보고자를 벌레라도 보는 듯 내려다보았다. 그러더니 시선을 돌렸다. 지금껏 부사장실의 구석에 등을 기대고 서 있던 자가 그 시선에 반응해 벽에서 등을 떼고 제대로 섰다.

그는 웃고 있었다.

진가충은 그에게 시선으로 명령했다. 그러자 그는 뚜벅뚜

벅 걸어왔다. 사시나무 떨듯 온몸을 부들부들 떨면서 진가충에게 절하는 보고자의 겨드랑이를 붙잡아 억지로 일으켜 세웠다.

"헉! 흐윽!!"

보고자가 남길 수 있었던 말은 거기까지였다. 웃는 얼굴의 남자가 보고자의 이마에 손을 대자마자 그는 그 자리에 축 늘어져 기절하고 말았기 때문이었다.

"어떻게 할까요?"

기절한 보고자를 겨드랑이에 끼고 든 채, 웃는 얼굴의 남자는 웃는 얼굴로 진가충에게 물었다.

"그걸 내게 묻나?"

"그야 주인님, 제가 주인님 외의 누구에게 지시를 받겠습니까? 주인님이 명령해 주셔야 움직이죠. 제가 주인님 뜻을 넘겨짚고 멋대로 움직일 수야 없지 않겠습니까?"

웃는 얼굴의 남자는 능글맞게 웃으며 그런 말을 늘어놓았다. 진가충은 두통을 느낀 듯 자신의 관자놀이를 검지로 꾹꾹 눌렀다.

"공장에 넘기게."

"공장에요?"

"그래. 몇 번이고 말하게 만들지 말게."

"예, 주인님. 명령에 따릅지요."

웃는 얼굴의 남자는 기절한 남자를 바싹 말라빠진 바게트라도 들 듯 가볍게 옆구리에 끼고 부사장실에서 나갔다.

"하…… 누가 내 일을 일부러 방해라도 하는 것 같군."

진가충은 골치가 아픈 듯 자신의 미간을 손가락으로 꾹꾹 쥐어짰다.

"무슨 일입니까?"

"별거 아냐. 용산 쪽에 먹고 싶은 땅이 있어서 차원 균열을 열고 사람들을 빼서 헐값으로 먹어보려고 했는데 계획이 틀어졌어."

진가충은 한숨을 푹 내쉬었다.

"게다가 차원 진동기도 망가진 채로 발견됐고, 다이아 스틸 렌즈까지 누가 털어갔어. 그게 얼마짜린데……. 아니, 값으로 환산이 안 되지. 미군이랑 우리만 생산할 수 있는 건데. 멍청한 놈들! 차원 진동기를 설치했으면 그 자릴 지켜야지, 그깟 목숨이 아깝다고 도망을 가나?"

혀를 끌끌 차던 진가충은 문득 자신에게 질문을 던진 이를 바라보았다. 무표정한 얼굴의 남자였다. 그를 물끄러미 바라보던 진가충은 결정을 내린 듯 고개를 한 번 끄덕이고는 다시 입을 열었다.

"앞으로는 자네가 직접 움직여줘야겠어."

"제가 말입니까?"

"그래. S급 9위 랭커인 자네라면 빅 마우스도 별거 아닐 테
니 말일세."

진가충은 크큭 웃었다.

"뭐, 지금 당장 하라는 말은 아니야. 그전까지는 자네 사수
를 따라다니며 일을 좀 배우게. 언제까지고 자네 같은 고급
인력을 놀려둘 수는 없으니 말일세."

"알겠습니다, 부사장님."

"하… 난 이제 스트레스를 좀 풀어야겠네. 나가보게."

"예."

무표정한 남자는 한 번 고개를 숙여보이고는 부사장실에서
나갔다. 그가 문을 닫고 나가자, 진가충은 캐비닛을 향해 걸어
갔다. 그는 자신의 지문으로 캐비닛의 잠금장치를 해제하고,
서랍을 드르륵 열었다.

서랍장 안에는 여자가 알몸인 채로 잠들어 있었다. 진가충
은 여자를 내려다보며 부드럽게 웃었다.

"귀여운 것."

서랍장 위에 놓인 작은 케이스를 집어 든 진가충은 케이스
를 열어 안에 들어 있는 주사기를 꺼냈다. 그러고는 여자의
팔에 주사기를 찌르고 안에 든 액체를 거침없이 쭈욱 밀어 넣
자, 여자의 호흡이 조금씩 거칠어지기 시작했다.

"원래 오늘은 네 후배와 함께 셋이서 즐길 생각이었다만, 상

황이 허락하지 않는구나."

여자에게 속삭이듯 말하며, 진가충은 여자를 서랍장 안에서 꺼내들었다. 여자는 진가충의 손에 닿은 것만으로도 절정에 이르기라도 한 듯, 달콤한 신음성을 토해내며 경련했다.

"그래, 그래. 귀엽구나. 하하하하."

진가충은 만족스럽게 웃으며 여자를 들고 부사장실의 의자로 향했다.

12장

죄와 벌

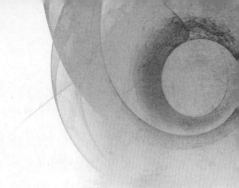

최재철은 잠에서 깨어났다. 간만에 푹신한 침대에서 잤더니 도리어 별로 푹 못 잔 것 같았다.

"…침대 탓만은 아니지."

허벅지가 뜨끈뜨끈했다. 이불을 들춰보니 거기 오연화가 들러붙어 있었다. 그걸 본 최재철은 땅이 꺼져라 한숨을 내쉬었다.

사정은 이렇다.

최재철이 오연화네 집에 묵었다.

이 한 줄로 요약할 수 있겠다.

물론 거기까지 이르게 된 경위를 늘어놓자면 좀 더 길어진다.

최재철은 울다 지쳐 잠든 오연화를 두고 그냥 집으로 돌아가려고 했지만, 오연화가 진짜로 잠든 게 맞나 싶을 정도의 괴력을 발휘해 그의 옷자락을 붙잡고 늘어졌다.

어찌어찌 손을 떼어내고 나가려고 했더니, 이번에는 대문이 막아섰다. 기이하게도 안에서 밖으로 나갈 때도 지문 인식이 필요했기 때문이다. 나중에 알게 된 사실이지만 오연화가 일부러 한 짓이었다. 평소에도 지문 인식이 필요하거나 하지는 않는 모양이었다.

물론 김인수의 능력을 이용하면 이런 고층 아파트에서 탈출하는 것도 그리 어려운 일은 아니었지만, 창문에서 뛰어내리는 것도, 대문을 파괴해 버리는 것도, 초시공의 팔찌를 이용하는 것도 별로 좋은 선택 같지는 않았다.

그래서 잠든 오연화의 손가락을 이용해 지문 인식을 풀려고 한 순간, 오연화가 잠에서 깼다.

"아… 연화야? 나 이제 집에 가려고 하는데……."

"자고 가요."

최재철의 말을 끊고 오연화가 고집스러운 말투로 말했다. 그에게 다른 선택지를 주지 않겠다는 결연한 의지가 담긴 그녀의 눈빛에, 최재철은 처음부터 싸우길 포기했다.

"그렇게 하지. 목욕탕이나 좀 빌리자."

그렇게 욕실도 빌리고 침실도 빌리게 된 거였다.

이렇게 넓은 집인데 손님방 하나 없을 리도 없다. 어차피 오연화 혼자 사는 집이라 침대까지는 기대도 안 했는데, 이 정도 집이면 손님방에 침대도 붙박이로 붙어 있는 모양이었다. 그래서 최재철은 손님방에서 자고, 오연화는 자기 방에서 자기로 했는데…….

"왜 얘가 여기 있지?"

오연화는 최재철의 허벅지를 꽉 끌어안고 곤히 잠들어 있었다. 너무 꽉 끌어안아서 피도 안 통했다. 허벅지가 저릿저릿해서 푹 자지도 못했다.

시계를 봤더니 새벽 4시였다. 2시간도 제대로 못 잔 셈이었다. 안 그래도 어제 하루는 밀도가 너무 높아서 피로가 꽤 쌓여 있는데, 잠도 제대로 못 잤으니 상태가 말이 아니었다.

"으휴……."

최재철은 오연화를 자신의 허벅지에서 떼어내었다. 꼬물거리며 도로 자신의 품으로 파고드는 오연화에게 차라리 이게 낫겠다 싶어서 옆구리를 내주었다. 이렇게 되면 서로 밀착한 면적이 더 커지긴 하지만, 그는 이런 어린애한테 이상한 충동을 느낄 취향이 아니었다.

그래서 최재철은 그냥 다시 잤다. 차원력까지 써서 피로를 회복할 게 아니면 조금이라도 더 자두는 게 여러모로 이득이었다.

아직 어려서 체온이 높아 따끈따끈한 오연화 덕분이라고 해야 할까, 아니면 그냥 피곤해서 그런 걸까. 그는 이번에야말로 푹 잤다.

*　　　*　　　*

최재철은 시선을 느끼고 바로 잠에서 깨어났다. 시선의 주인공은 다름 아닌 오연화였다. 눈을 떴더니 소녀와 바로 눈이 마주친다는 건 그렇게까지 불쾌한 경험은 아니었다.

"너무 푹 잤군."

"정말 너무 푹 주무시더군요."

어째선지 오연화가 불쾌한 듯 대꾸했다.

"뭐야, 몇 시야?"

"8시 15분이요."

"뭐?"

그녀의 말에 최재철은 정신이 번쩍 들었다.

"늦었잖아?"

"아뇨, 안 늦었어요. 옷이나 입어요. 그 뻣뻣한 것 좀 가리구요."

참고로 최재철은 팬티 바람이었다. 딱히 잠옷을 챙겨온 것도 아니니 어쩔 수 없다. 하지만 민망한 건, 막 잠에서 깬 그의 중심도 벌떡 일어나 있었다는 점이었다. 그는 멀거니 통제되지 않는 자신의 일부를 바라보다 문득 이렇게 말했다.

"나도 아직 안 죽었군."

"그거 성희롱이에요?!"

최재철은 이불을 끌어당겨 자신의 국부를 가리며, 그녀를 흘깃 쳐다보았다.

"무슨. 자는 남자 방에 기어 들어와서 같이 잔 주제에."

"그! …건……."

오연화의 목소리가 급속하게 작아졌다. 들리지도 않게 작은 목소리로 뭐라고 우물거리고 있던 그녀는 갑자기 소리를 빽 질렀다.

"어, 어, 어쨌든! 빨리 준비나 해요!!"

"…화장실 빌릴게."

그녀를 더 자극하는 게 별로 좋은 판단은 아닐 것 같다고 결론을 내린 최재철은 부스럭거리며 일어났다.

*　　　　*　　　　*

아직 안 늦었다는 말이 무슨 뜻인지는 모르겠지만, 어쨌든 최재철은 5분 만에 준비를 마쳤다.

S급 랭커에게는 지각이 아닌 시각이라도, 바로 어제 첫 출

근을 한 최재철의 입장에서는 지각일 수 있었다.

아무리 외국계 회사라도 신입은 30분 전에 출근해서 사무실 청소를 해야 하는 것 아닐까? 적어도 10년 전에 그가 다니던 회사에서는 그랬다. 정직원으로 승격도 안 시켜줄 거면서 청소부터 설거지까지 뭘 그렇게 부려먹었는지.

'역시 거기 가서 한번 뒤집어놓고 와야⋯⋯.'

실제로는 그러지도 않을 거면서 최재철은 그런 생각을 하며 픽픽 웃어대었다.

어제 입었던 옷을 그대로 입고 나서는 건 약간 불쾌했지만, 다른 방법이 없었다.

"옷에서 땀 냄새 나요, 선생님."

오연화가 킁킁거리며 말했다.

"아니, 네가 날 집에 안 보내줘서 옷도 못 갈아입었잖아."

최재철이 툴툴거리자 오연화가 장난스러운 미소를 지으며 그의 등에 얼굴을 묻었다.

"제 옷 빌려 드릴까요?"

대놓고 코를 대고 문대며 냄새를 맡는 오연화의 반응에 최재철은 어이가 없었다.

"그게 나한테 맞겠냐? 그보다 땀 냄새 난다면서? 들러붙지 마!"

"땀 냄새가 불쾌하단 말은 안 했잖아요."

그러면서 말은 안 듣고 아예 양손으로 최재철의 배를 꽉 잡고 더 들러붙었다.

'이 녀석, 갑자기 나한테 왜 이렇게 들러붙지?'

어째 스킨십에 거리낌이 없어진 느낌이다. 최재철은 이상하게 여겼지만, 곧 답이 나왔다.

겨우 어젯밤에 일어난 일이다. 오연화는 어제 최재철에게 자기 속내를 털어놓고 펑펑 울기까지 했다. 그야 친근감을 느낄 만도 했다.

아무리 그래도 자기 방을 놔두고 밤에 최재철이 자는 방에 숨어 들어와 허벅지 껴안고 잘 정도였나. 생각해 보면 역시 좀 이상하긴 했다. 하지만 이 행동에 계산 같은 건 없었으리라. 누가 봐도 이상한 짓을 계산적으로 행동하는 건 더 이상하다.

'그냥 그러고 싶어서 그랬던 거겠지.'

그건 그렇다 치지만, 역시 아무리 애라도 이 정도 크기의 애가 자기 몸에 들러붙어 있는 건 성가셨던지라 최재철은 간단하게 오연화의 구속을 풀고 떨어졌다.

"앗, 치사하게!"

"뭐가 치사하다는 거야?"

그렇게 투닥거리며 두 사람은 집에서 나섰다.

*   *   *

최재철과 오연화는 엘리베이터를 타고 아파트 옥상에 올라왔다.

"과연, 이런 거였군."

이 정도의 고급 주상 복합 아파트 단지 정도 되면 옥상에 헬리포트 정도는 있는 모양이었다. 그리고 그 헬리포트에는 헬기가 한 대 대기하고 있었다. 그 헬기 옆면에는 커다랗게 TA의 회사 로고가 붙어 있었다.

최재철은 그제야 옥상으로 올라온 이유를 납득하고 고개를 끄덕였다.

"S급 랭커 정도 되면 출퇴근으로 헬기 정도는 지원해 줄 수 있다, 이건가."

이 헬기는 오로지 오연화만을 위해 대기하고 있었다. 오연화를 제때 출근시키기 위한 회사의 지원이다. 과연, 8시 15분에 깼어도 늦지 않았다는 게 헛말은 아니었다.

"네, 뭐. 얼른 타요. 늦겠어요."

오연화가 최재철의 등을 밀며 재촉했다.

"아무리 그래도 고자새끼라는 욕은 너무 심한 거 아냐?"

"제가 언제… 앗!"

이 욕은 10분 전에 오연화가 팬티 바람으로 누워 있던 최재철에게 우물거린 혼잣말이었다. 아무래도 오연화는 그가 자신의 혼잣말을 들었을 거라고는 상상도 못 했던 듯, 뒤늦게 그 사실을 깨닫고 그 자리에 굳어버렸다.

"얼른 가자. 늦겠어."

최재철은 느물거리며 먼저 헬기에 올라탔다.

새빨개진 얼굴로 헬기 바깥에서 최재철을 노려보고 있던 오연화는 '삐엑' 하고 이상한 비명 소리를 한 번 내지른 후 헬기에 올라탔다.

헬기 조종사와 부조종사는 그런 최재철과 오연화를 쳐다보려고도 하지 않았다.

"출발합니다."

최재철과 오연화가 헬멧과 헤드셋을 비롯한 안전 장구를 모두 착용하자, 조종사가 헬기의 로터를 돌리기 시작했다. 그리고 그 헤드셋을 통해 조종사의 목소리가 들렸다.

"저기, 혹시 아청법이라고 알아요?"

최재철은 그 말에 웃음을 터뜨렸다. 오연화는 영문을 모르는 듯 갑자기 웃기 시작하는 최재철을 멍하니 바라보았다. 아무래도 조종사가 최재철에게만 들리도록 말한 모양이었다.

아청법. 아동청소년보호법의 줄임말. 이상하게도 이 소릴 듣자 한국에 왔다는 실감이 나서 그냥 웃겼다. 그래서 꽤 무례한 축에 속하는 조종사의 발언에도 웃어넘길 수 있는 기분이 들었다.

"애 데리고 무슨 소릴. 얼른 갑시다."

"아, 예. 하긴 그렇죠. 가겠습니다."

헬기가 하늘을 날기 시작했다. 하늘에서 내려다보는 서울 전경은 제법 볼 만했다.

*　　　*　　　*

최재철을 비롯한 현오준 팀은 오전부터 헬기를 타고 날았다.

어제 그들 팀이 와우산 차원 균열에서 예상 이상의 성과를 올리는 바람에 당분간은 어보미네이션이 나타나지 않을 것이라는 분석 때문이었다. 회사와 비교적 가까운 와우산에서 훈련이 불가능해졌으므로, 현오준 팀은 좀 더 먼 차원 균열을 찾아갈 수밖에 없게 되었다.

그들의 목적지는 북한산이었다.

북한산 차원 균열은 열린 지 꽤 오래되었다. 그냥 오래된 정도가 아니라, 세계에서 세 번째로 열린 차원 균열이었다. 서울에서 가까운 것도 있고 해서, 어보미네이션 시체의 안정적인 공급원으로 꼽히고 있었다.

과거에는 WF에서 관리했었지만, TA가 매입했다는 현오준의 설명에 최재철은 실소를 금할 수 없었다. 재앙의 근원인 차원 균열이 거래 대상이 되다니.

'그럼 차원 균열을 닫아버리면 회사는 손해를 보게 되는 건가?'

WF가 관리하는 차원 균열을 찾아다니며 닫는 것만으로도 진씨 일가에게 경제적인 타격을 줄 수 있겠다는 상상은 최재철을 꽤나 즐겁게 만들었다. 물론 지금 당장 실행할 수 있는 계획은 아니지만, 관련된 정보를 찾아보는 것도 괜찮겠다는 생각 정도는 할 수 있었다.

'뭐, 어차피 장기적으로는 모든 차원 균열을 다 닫으러 다녀야 하겠지만.'

이계에서 대마법사까지 역임하긴 했지만 그는 지구인이고 지구를 지킬 생각 정도는 갖고 있었다. 그렇다면 지구가 존재하는 이 차원의 위험 요소인 차원 균열을 그냥 두고만 보고 있을 수는 없었다.

그렇다고 혼자서 뼈 빠지게 고생할 생각은 또 없지만 말이다. 그는 지구의 주인도, 책임자도 아니다. 얻는 것도 없는데 이 한 몸 바쳐서 봉사 활동을 할 이유도 없었다.

어디까지나 그 자신에게 위협이 될 때, 그러니까 서울이, 한국이, 아시아가, 지구가 더 이상 안 되겠다 싶을 정도로 위험할 때 나서도 충분했다.

그리고 지금은 그렇지 않았다. 그러므로 그는 일단 자신의 목적을 우선시할 생각이었다.

'제일 좋은 건 지구인들이 알아서 사태를 해결하는 건데 말이지.'

이계에서 그는 그가 옳다고 생각하는 방식으로 문제를 해결했다.

그가 어스름의 대표자이자 상아탑의 교장이기는 했지만 그 차원을 구한 것은 어스름과 상아탑의 구성원들, 즉 이계의 주민들 스스로의 힘 덕분이었다. 그 과정에서 김인수의 도움과 가르침이 있긴 했지만, 그래도 그들 스스로가 스스로를 구했다는 점은 변함이 없다.

지구 또한 지구인들이 스스로 위기를 극복하는 것이 최고다. 그는 그렇게 생각하고 있었다. 뭐, 일단은 그 또한 지구인이니 만약의 상황이 닥친다면 힘을 쏟아붓겠지만 말이다.

'나중의 이야기지.'

그는 일단 눈앞의 과제부터 해결하기로 마음먹었다.

"여어, 현오준."

우주환 팀장이 손을 슬쩍 들어 올려 보이며 현오준을 불렀다.

어제도 보았던, 최재철과 이지희를 자기 팀에 끌어들이려고 했던 근육질의 거한이다. 그런 우주환의 옆에, 똑같이 근육을 자랑하고 있는 열화 복제판 어벤저가 스무 명 가량 죽 늘어선 모습이 대단히 인상적이다.

그리고 그 늘어선 줄의 끝에서 여의주, 최재철의 입사 동기가 다 죽어가는 얼굴로 이쪽을 흘깃거리고 있었다. 여의주도 사실 그리 체구가 작은 편이 아닌데도, 다른 팀원들에 비하면 왜소해 보이니 신기할 따름이었다.

"아, 우주환 팀장님, 안녕하십니까. 오늘은 잘 부탁드립니다."

"그래, 그래. 맡겨만 줘. 우하하하!"

오늘 할 훈련은 우주환의 팀과 공조하여, 차원 균열 너머의 어보미네이션을 재빨리 처리하고 차원 균열에 도달하는 것이 목표였다.

현오준 팀이 차원 균열에 진입하는 것을 팀의 목표로 삼는 이상, 잔챙이들을 상대하느라 체력을 소모하는 것은 그리 현명한 짓이 아니다.

그러니 다른 팀이 기존의 디코이 전법으로 차원 균열 너머의 어보미네이션들을 섬멸한 후에 현오준 팀이 차원 균열에 돌입하는 것이 이상적이다.

오늘의 훈련은 그 시뮬레이션이다.

"저희가 실제로 차원 균열에 진입하는 것도 아니니, 할 일은 그다지 많지 않습니다. 오늘은 체력을 온존하고 작전 상황에 익숙해지는 것을 우선시해 주십시오."

현오준은 이렇게 브리핑했다. 어제 훈련으로 체력 소모가 컸던 것을 염두에 두고 오늘 스케줄을 짠 모양이었다.

"자, 그럼 미션을 시작한다! 오늘의 디코이는 여의주, 너로 정했다!!"

우주환은 여의주의 등을 두드리며 말했다. 그 말을 듣는 여의주는 상상도 못 했다는 듯 깜짝 놀라 되물었다.

"저, 저 말씀이십니까?"

"그래, 얼른 가."

"저, 팀장님. 저 어제도……."

"가라면 가!"

우주환은 갑자기 화를 내며 벼락처럼 외쳤다. 여의주는 더 이상 항의하지 못하고 조심조심 차원 균열을 향해서 걷기 시작했다. 그런 여의주의 등에다 대고 우주환은 답답하다는 듯 큰 소리로 다시 외쳤다.

"얼른 가, 멍청아!!"

우주환의 외침에 반응하기라도 한 듯, 차원 균열에서 리자드독 두 마리가 컹컹거리며 뛰쳐나왔다.

"히, 히에에에에엑!"

여의주는 비명을 지르며 다시 이쪽으로 뛰어오기 시작했다. 그 비명 소리 탓에 리자드독 세 마리가 추가로 튀어나왔다. 합쳐서 다섯 마리. 그걸 본 우주환이 기겁하면서 필드 바깥으로 뛰기 시작했다.

"야, 이 미친! 한꺼번에 다섯 마리나 끌어내는 놈이 어디 있냐!!"

우주환의 다른 팀원들도 뒤늦게 우주환을 따라 뛰기 시작했다. 그 꼴불견에 오연화는 얼굴을 찌푸렸다.

"화력! 화력지원!!"

가장 먼저 헬필드를 빠져나온 우주환이 고래고래 소리 질렀다. 그의 외침에 사전에 정해둔 장소에서 매복을 하고 있던 화력지원 팀이 부랴부랴 매복지에서 뛰쳐나오는 것이 보였다.

상대가 지능이 없다시피 한 리자드독이라 망정이지, 조금이라도 지능이 있는 어보미네이션이 여기 있었다면 화력지원 팀마저도 위험에 빠질 만한 상황이었다.

"사선! 사선에 막내가 있습니다, 팀장님!"

다른 팀원이 우주환을 향해 외쳤다. 그의 말대로 우주환 팀의 막내인 여의주가 다섯 마리의 리자드독을 끌고 이쪽을 향해 죽어라 뛰어오고 있었다. 그의 위치상, 화력지원 팀이 사격을 가한다면 여의주까지 총에 맞을 위험이 있었다.

"에이, 멍청한 막내놈!"

우주환은 혀를 차면서 그냥 바라만 보고 있었다. 여의주의 울먹거리는 표정이 여기서도 잘 보였지만, 우주환은 아랑곳하지 않았다. 마치 여의주가 리자드독에게 따라잡히길 기다리고 있는 것처럼 보이는 그 태도에 최재철은 할 말을 잃었다.

상대는 다섯이나 되고, 화력지원 팀이 한 번에 상대하기에는 좀 버거워 보였다. 그런데 여기서 여의주가 리자드독에게 따라잡힌다면 그는 공격받아 사망할 것이고, 그 틈을 타 화력지원 팀이 사격을 가해 섬멸을 할 수 있기는 하다.

'아무리 그래도 그렇지. 스무 명이나 되는 어벤저가 있으면서 저걸 그냥 내버려 둬?'

어벤저의 존재 의의는 헬필드 안에서도 인간 이상의 능력을 발휘해 어보미네이션을 섬멸하는 데 있다. 그런데 스무 명이나 되는 선배가 막내를 디코이로 던져놓고 나 몰라라 도망 오는 이 사태를 어떻게 받아들여야 할까?

"어쩔 수 없군요, 연화 씨."

현오준도 그다지 좋은 기분은 아닌 듯 못다 숨긴 불쾌함이 묻어나는 목소리로 오연화를 불렀다.

"네."

지금이라도 따라잡힐 것 같은 여의주를 향해 오연화가 염동력의 손아귀를 뻗었다. 손아귀에 잡힌 그를 오연화는 손쉽게 자신 쪽으로 끌어당겼다.

"사선이 확보됐다!"

"발사!!"

사선을 가로막고 있던 여의주가 오연화에 의해 치워지자, 화력지원 팀은 곧장 리자드독을 향해 사격을 가했다. 순간적으로 목표물을 잃고, 기세를 잃은 다섯 마리의 리자드독은 화력지원 팀의 가열한 사격에 의해 목숨을 잃었다.

"재장전!!"

탄창 하나를 비워 버린 화력지원 팀의 일제사격이 끊겼다. 그 사이에 부활한 리자드독이 이번에는 화력지원 팀을 향해 똑바로 달려들었다.

"발사!!"

일사불란하게 재장전을 마친 화력지원 팀은 다시 사격을 가했고, 리자드독을 상대로는 충분히 저지력을 지닌 5.56㎜ 나토탄이 퍼부어졌다. 그러나 이번 생명을 소모해서 어보미네이션은 10m를 전진했고, 그들과 화력지원 팀 간의 간격은 7~8m에 불과했다.

"재장전!!"

다시 화력지원 팀의 일제사격이 끝났다. 리자드독들도 부활했다. 마지막 목숨이다. 인간에게는 원래 하나밖에 없는 목숨을 어보미네이션들은 셋 중 두 개를 써버렸다.

"발사!!"

화력지원 팀의 지휘관이 벽력처럼 외쳤다. 턱밑까지 닥쳐온 리자드독을 향해 화력지원 팀은 단 한 명도 물러서지 않고 사격을 가했다.

타타타타타!

리자드독들이 생각하지 못한 건, 총탄도 가까이에서 맞을 수록 위력이 높다는 점이었다. 위력이 높다는 건 그만큼 저지력을 가진다는 뜻이고, 조금 전과 똑같이 10m를 전진할 수 없다는 뜻이기도 하다.

물론 개만도 못한 지능의 최하급 어보미네이션들이 그런 걸 생각할 수 있을 리도 없지만, 어쨌든 일제사격에 의한 화망을 단 한 마리의 리자드독도 뚫지 못했다.

상황 종료.

위험했지만 어떻게든 희생을 내지 않을 수 있었다.

그리고 우주환과 여의주는…….

"막내, 이 멍청아! 너 때문에 몇 명이 위험에 빠졌는지 알아?!"

"죄, 죄송합니다!"

"시끄러! 이 새끼야!! 저기 가서 머리 박고 있어!!"

여의주는 울먹거리는 표정으로 순순히 뒤로 물러나 땅에 머리를 박았다. 어쩌면 디코이 임무에서 해제돼서 다행이라고 생각하고 있을지도 모른다. 이런 팀의 디코이를 맡았다간 목숨이 몇 개라도 모자랄 테니 말이다.

"수고하셨습니다, 화력지원 팀 형님들. 다시 매복지로 돌아가시죠."

우주환은 사람 좋은 웃음을 띠면서 화력지원 팀에게 지시했다. 화력지원 팀이 자신의 말에 따라 물러나자, 이번에는 현오준을 향해 다가왔다.

"이야, 역시 S급 랭커는 다르군! 누구 하나 죽어야 해결될 상황을 능력으로 해결해 버리다니. 덕분에 아무도 안 죽고 끝났어. 고마워!"

우주환은 현오준이 아닌 오연화에게 손을 뻗어 악수를 청했다. 오연화는 고개를 팩 돌리며 우주환을 외면했다.

"하하하! 작은 아가씨는 여전하군. 자아, 어쨌든 훈련을 재개하지. 야! 잡은 어보미네이션들 옮겨라! 먹을 건 먹어야지."

우주환의 팀원들은 팀장 말에 따라 다섯 마리의 리자드독 시체를 옮겼다. 그걸 가만히 지켜보던 현오준이 문득 우주환에게 말을 걸었다.

"선배, 한 마리 넘겨주시죠."

"뭐, 뭐?"

현오준의 말이 너무나도 의외라는 듯, 우주환의 목소리 톤이 쭉 올라갔다.

"이보게, 후배. 우리 막내가 고생해서 끌고 온 놈들이야. 그런데 이걸 나눠먹겠다는 건가?"

"예, 선배."

현오준은 별로 흔들리지도 당황하지도 않고 고개를 끄덕였다.

"S급 랭커 능력 값이 그렇게 저렴하진 않으니까요."

그 말에 우주환은 끙, 하고 말을 삼켰다.

"원래 자네 팀의 훈련은 전력을 온존하고 우리 팀의 사냥이 끝난 뒤에 차원 균열에 접촉하는 거 아니었나? 그런데 왜……."

"그건 그거, 이건 이거죠."

현오준은 어디까지나 단호했다. 그의 단호한 말에, 우주환은 오연화의 눈치를 슬쩍 보았다. 흠, 하고 짧은 한숨을 내쉰 그는 어쩔 수 없다는 듯 부하에게 명령을 내렸다.

"…야, 한 마리 빼줘라."

"아, 알겠습니다."

리자드독의 시체 한 구가 시체 더미에서 분리되었다. 그러자 현오준은 직접 가서 리자드독의 시체를 이쪽으로 질질 끌고 왔다.

"왜 팀장님이 직접… 저 시키시지."

구문효가 마음에도 없는 말을 하자 현오준은 웃으며 고개를 저었다.

"됐습니다. 이럴 때 많은 사람이 움직이면 상황이 악화되게 마련이니까요."

이 일련의 사태를 보면서 최재철이 느낀 건 하나였다.

'아, 역시 저거 뒤통수 한 대 쳐버리고 싶다.'

최재철이 그런 충동을 느끼는 상대는 물론 우주환이었다.

차원 균열 근처에서 소리를 고래고래 질러서 필요 이상의 어보미네이션을 끌어낸 건 물론이고, 그 책임을 여의주에게 전가한 것도 모자라서 아예 희생양을 삼으려 들기까지 하다니. 어딜 어떻게 봐도 훌륭한 악당이었다.

그 팀장의 그 팀원이라고, 스무 명이나 되는 능력자가 위험에 빠진 막내를 위해 뒤돌아서려고 조차 하지 않았다. 단 한 명도!

그들 전체가 신체 강화 능력자인 건 우주환의 입으로 들어서 알고 있었다. 그리고 신체 강화 능력자는 아무래도 전투 방식이 근접전이 되어 버리는 탓에 최하급 어보미네이션인 리자드독이라 할지라도 부상의 위험을 안아야 한다.

그래도 그들은 어벤저다. 헬필드 안에서 싸우는 것이 직업인 집단이다. 더군다나 높은 연봉까지 받는 몸이다. 그럼에도 우주환을 위시한 팀원들은 너무나도 간단히 동료를 버린 데다, 화력지원 팀에 본래 자신들의 임무인 전투를 전가시켰다.

'동료도 버리는데, 민간인은 얼마나 쉽게 버릴까?'

화력지원 팀의 훈련도가 높았기에 망정이지, 한 명이라도 두려움에 뒤돌아섰다면 화력 팀의 화망은 리자드독을 저지하지 못했을 것이고 희생을 냈을 터였다. 그리고 만약 화력 팀이 위기에 빠졌다면 우주환과 그의 팀원들은 간단하게 그들을 저버렸을 것이다.

'아무리 가정하는 건 의미 없는 이야기라지만.'

그래도 그냥 두고 보기 어려운 광경이었다. 만약 최재철이

우주환의 상급자였다면 땅에 머리를 박아야 할 쪽은 여의주
가 아닌 우주환이었을 것이다.

'저런 걸 그냥 놔두면 안 되는데.'

입사 2일차의 신입 사원이 팀장을 상대로 뭘 어떻게 할 수
있겠는가? 지금은 참는 수밖에 없었다. 참는 수밖에…….

'어? 내가 왜 참아야 하지?'

문득 그런 의문이 최재철을 사로잡았다.

다음 순간, 그는 손을 번쩍 들고 있었다.

"재철 씨?"

"죄송합니다, 팀장님. 저 좀 나대겠습니다."

자신의 이름을 부르는 현오준 팀장에게 그렇게 속삭인 후,
최재철은 우주환에게 외쳤다.

"우주환 팀장님, 디코이 그냥 제가 하면 안 됩니까?"

"어, 네가?"

우주환은 얼굴에 화색을 띠며 현오준 쪽은 보지도 않은 채
곧장 고개를 끄덕였다.

"좋아!"

*   *   *

최재철은 늘 그렇듯 차원 균열을 향해 저벅저벅 걸어갔다.

"오, 저게……."

우주환도 최재철이 어떻게 디코이를 하는지 소문은 전해들은 듯, 뒤에서 감탄사를 터뜨렸다. 그래도 방금 전에 자기가 소릴 질러서 리자드독을 끌어냈다는 자각은 있는지, 목소리를 꽤 낮춘 편이었다.

'하, 고마워해야 하나.'

물론 고마운 마음 같은 건 들지 않았다.

최재철의 발소리에 리자드독 한 마리가 킁킁거리며 기어 나왔다. 이제까지 질리도록 본 광경이다. 곧 최재철을 발견하고 그를 향해 달려드는 것도 정해둔 수순이나 다름없었다.

하지만 이제부터가 좀 다르다. 최재철은 달려드는 리자드독을 바로 죽이지 않았다. 대신 공격을 슬쩍 피하고 목덜미를 잡아채서, 그대로 우주환을 향해 던졌다.

"으악! 무슨 짓이야?!"

우주환이 놀라서 소릴 질렀다. 괜히 A급 근육 덩어리인 건 아닌 듯, 날아온 리자드독을 받아서 목을 졸라 죽이면서 말이다.

그리고 우주환의 외침을 들은 리자드독 세 마리가 차원 균열 너머에서 튀어나왔다.

'일부러 소릴 지른 거군, 저거.'

그게 아니더라도 최재철은 그냥 그렇게 생각하기로 마음먹었다. 그렇다면 지금부터 그가 할 건 인과응보를 조금 돕는 것이 될 테니까.

최재철은 달리기 시작했다. 여기서 어보미네이션이 더 추가되면 곤란했기 때문에, 발소리는 죽였다. 아무리 그래도 '대외적인' 최재철의 능력으로 상황을 제어할 수 없을 정도로 확대시키고 싶지는 않았다.

방향은 당연히 우주환 쪽이었다.

우주환은 방금 리자드독 한 마리를 받아 목을 졸라 죽인 참이었다. 그리고 그 리자드독은 되살아나고 있었고, 그렇기에 우주환은 다시 한 번 그것을 죽여야 했다.

그런 상황에서 세 마리의 리자드독이 추가로 덮치면 어떻게 될까?

"야! 이거 너희가 처리해!"

우주환의 판단은 빨랐다. 과연 베테랑이라고 해야 하나. 그는 자신의 품을 빠져나오려고 버둥거리는 리자드독을 부하들에게 던지면서 화력지원 팀 쪽으로 도망치기 시작했다.

그리고 그 시점에서 일부러 속도를 늦춘 최재철의 등 뒤를 향해 리자드독 한 마리가 덤벼들었다. 누가 봐도 절체절명의 상황. 하지만 최재철은 살아남았다. 아니, 오히려 자신을 덮친 리자드독의 기세를 이용해 그대로 우주환을 향해 날려 버렸다.

"이런 씨발!"

우주환은 욕설을 하며 날아오는 리자드독을 받아 그대로

지면에 찍어버렸다. 리자드독은 그대로 절명했다. 최재철은 그런 우주환의 어깨를 밟고 뛰어넘었다. 물론 그의 등 뒤에는 두 마리의 또 다른 리자드독이 따라붙어 있었다.

"잘 부탁합니다, 팀장님!"

"너 이 새끼, 일부러 그런 거지?"

우주환은 이를 득득 갈면서 날아드는 두 마리의 리자드독을 양손으로 붙잡아 두 마리의 머리를 부싯돌이라도 다루듯 서로 부딪히게 만들었다. 쾅! 두 마리의 리자드독이 그 자리에서 즉사했다.

괜히 A급은 아닌 건지 네 마리의 리자드독을 순식간에 한 번씩 살해한 우주환은 양손에서 축 늘어진 리자드독을 최재철을 향해 던졌다.

"옛다! 네놈 꺼다!"

최재철이 전투에 익숙하지 않은 평범한 C급이었다면, 공중을 날아오면서 부활한 리자드독 두 마리를 어찌하지 못하고 물려 죽었을 터였다.

하지만 그는 평범한 C급은 아니었다. 신체 능력 강화를 이용해 날아드는 리자드독 두 마리의 공격을 피하면서, 그는 다시 한 번 우주환 쪽을 향해 뛰기 시작했다. 우주환이 지면에 처박은 리자드독이 막 부활한 시점이었다.

"아, 씨발, 진짜!"

우주환은 지면에 처박은 리자드독을 자신의 팀원들 쪽으로 차내면서 최재철이 자신의 머리 위를 뛰어넘는 걸 봤다. 최재철을 격추시키기에는 타이밍이 약간 맞지 않았다. 그 뒤에 리자드독 두 마리가 컹컹거리며 우주환을 노리고 있었으므로.

결국 우주환은 공격을 어보미네이션들에게 가했다.

양손의 주먹 한 방씩. 최하급 어보미네이션의 머리통을 터뜨려 버리는 건 그에게 그리 어려운 일은 아니다. 성가신 일이긴 했지만 말이다.

"최재철, 너 이 새끼야!"

화가 머리끝까지 나서 우주환은 소리를 고래고래 질렀다. 그 소릴 듣고 차원 균열에서 리자드독 두 마리가 추가로 컹컹거리며 기어 나왔다. 그리고 그 뒤를 이어서 나오는 크로코리언.

그것들은 모조리 우주환을 향해 똑바로 달려오기 시작했다.

"뭐야, 최재철 어디 갔어?"

우주환은 당황해서 외쳤다. 그 외침으로 인해 크로코리언 한 마리가 또 추가되었다.

아무래도 일부러 소릴 질러 어보미네이션들을 불러내 차원 균열 쪽과 좀 더 가까운 최재철에게 붙일 생각이었던 듯했지만, 최재철이 모습을 감춰 버렸기에 모든 어보미네이션이 우주환을 노리고 달려들게 되고 말았다.

지금까지 했던 대로 되살아난 리자드독을 팀원들 쪽으로

던져 떠넘기려는 시도는 수포로 돌아갔다. 그의 팀원들은 먼저 헬필드 바깥으로 도망쳐 나간 상태였기 때문에, 던져진 리자드독들은 다시 고개를 돌려 우주환을 향해 달려들었다.

"에이, 썅!"

자기 꾀에 자기가 넘어간 우주환의 처절한 전투가 시작되었다.

*   *   *

"이렇게 될 줄은 몰랐는데."

이미 상황은 C급 단일 능력자인 최재철이 어찌할 수 없을 정도로 확대되고 말았다. 우주환이 이렇게 많은 어보미네이션을 동시에 끌어낼 줄이야, 이건 최재철도 미처 예상하지 못했다.

크로코리언 두 마리에 리자드독 다섯 마리를 동시에 상대하는 우주환의 전투 능력은 가히 경이롭다고 해도 좋았다. 있는 거라고는 신체 강화 능력밖에 없는 단일 능력자가 저 정도로 싸우기는 쉽지 않다.

있는 손과 발만 휘둘러 결국 크로코리언 두 마리 모두 세 번씩 살해해 그 시체를 밟고 선 우주환의 그 모습은 차라리 장엄했다. 그는 피투성이였지만, 그의 몸에 묻은 액체 중 그가 흘린 피는 없었다.

'저렇게 잘 싸우면서 말이야.'

최재철은 바람의 장막을 거둬들여 모습을 드러냈다. 김인수가 지닌 반지 운반자의 팔찌를 이용하면 더 편하겠지만, 상황의 앞뒤가 맞지 않게 되니 일부러 바람의 장막을 썼다.

풍압을 이용해 시선을 흩는 원리인데, 적의 수준이 조금만 높아도 간파당하는 조악한 방식이지만 하급 어보미네이션과 우주환에게는 이 정도로도 충분했던 모양이었다.

"어, 뭐야, 최재철! 너 어디 있다가 왔어?!"

우주환은 화가 난 듯 외쳤지만 그 목소리는 조금 전만 하지 않았다. 안 그래도 차원력 소모가 심각할 텐데, 이 이상 어보미네이션을 끌어냈다간 아무리 A급 어벤저인 우주환이라도 무사하긴 힘들 테니 당연했다.

그럼 최재철이 할 행동은 정해져 있었다. 그는 우주환을 향해 한 번 빙긋 웃고, 다시 차원 균열을 향해 저벅저벅 걷기 시작했다.

"잠깐, 잠깐잠깐!"

우주환은 기겁해서 외쳤다. 목소리는 여전히 죽인 채였다.

"뭡니까, 우주환 팀장님?"

최재철은 태연한 목소리로 대꾸했다.

"소리 죽여, 미친놈아! 어보미네이션 또 나올라!!"

우주환이 다급하게 말했다.

참고로 지금 헬필드에는 그들 둘뿐이었다. 이렇게 작은 목소리라면, 대화를 듣는 이들도 따로 없을 터였다.

"뭐? 미친놈?"

"왜? 뭐?"

우주환은 비릿하게 웃었다.

"네가 아무리 유망주라지만 뭔가 착각하고 있는 거 아닌가? 넌 C급, 난 A급. 넌 말단, 난 팀장. 나댈 때는 발밑 좀 보고 나대는 게 어떠냐?"

그런 우주환의 질문에 최재철은 대답하는 대신 다른 질문을 던졌다.

"조금 전에 여의주를 죽이려고 했지?"

"내가 죽이려고 했다고? 아니지. 그건 자살이지. 죽었다면 말이야."

"차원 균열 주변에서 큰 소릴 내는 건 확실히 자살행위지."

니글거리게 웃고 있던 우주환의 표정이 굳었다.

"그런데 씨발, 너 아까부터 왜 반말이냐?"

"그리고 넌 날 죽이려고도 했지."

"질문에나 대답해라."

"나한테, C급 어벤저에게 아무리 최하급이라지만 어보미네이션 두 마리를 던져?"

"질문에 대답하라고!"

우주환의 목소리가 거칠어졌다. 아직 충분히 큰 목소리인 건 아니었다.

"하, 조금 전과는 달리 자살할 생각까지는 없는 것 같군."

"뭐, 이 씨발놈이, 죽고 싶냐?"

"이 대화를 녹취하면 널 협박죄로 고소할 수 있을 것 같은데."

"이 새끼가 보자 보자 하니까……!"

우주환은 화가 머리끝까지 난 건지, 충혈된 시선을 최재철에게 던지며 그를 향해 저벅저벅 걸어오기 시작했다.

"오냐, 그래. 죽여주마. 그렇게 죽고 싶어 하는 후배를 죽여주는 것도 선배의 도리 아니겠냐."

"자기보다 강해질 것 같은 후배를 일부러 죽음에 몰아넣으면서까지 팀장 자리에 연연하는 선배의 도리 말이냐."

"그래, 이 새끼야. 그 여유가 언제까지 유지되나 보자."

우주환이 섰다. 최재철과는 주먹 하나만큼의 거리다.

"최재철. 이 헬필드 안에서는 총알도 쓸모가 없다. 그럼 녹음기는 어떻게 되고, 카메라는 어떻게 될까? 녹음이 될 거 같냐? 녹화가 될 거 같아?"

우주환은 비릿하게 웃었다.

"내가 여기서 널 패 죽여도 증거 같은 건 아무것도 안 남는다, 이 말이야. 증인이야 있을 수 있겠지. 그런데 말이다, 이 새끼야. 여기 있는 애들은 전부 내 아래야. 니 팀장도 내 후배고. 그럼 뭐다?"

우주환이 드러낸 이빨에서 살의가 엿보였다.

"파묻을 수 있단 말이다. 권력으로 성립하는 완전범죄다. 들어는 봤냐?"

최재철의 얼굴에서 웃음이 걷혔다.

김인수가 당한 게 그 잘난 완전범죄란 거였다. 어머니가 돌아가시고, 아버지가 돌아가셨다. 김인수 본인도 차원 균열 속에 던져졌고, 돌아와 봤더니 가해자는 부사장에서 회장으로 승진했단다. 그런 그가 '권력으로 성립하는 완전범죄'를 모를 수야 없었다.

최재철의 날카로운 시선을 본 우주환은 어이없다는 듯 한숨을 토해내었다.

"허, 간덩이가 부은 거냐? 아니면 앞으로 일어날 일도 상상 못 할 정도로 멍청한 거냐? 네가 상황을 모르는 거 같으니 설명해 주마."

우주환은 차원 균열을 가리켰다.

"넌 이제부터 저 차원 균열 안으로 던져질 거다. 아무런 장비도 없이, 준비도 없이 말이야."

그 시점에서 최재철의 얼굴에서 여유란 것이 사라졌다. 그 표정을 보며 우주환은 드디어 최재철이 두려움에 떨기 시작했다고 생각한 건지, 비웃음이 섞인 목소리로 말을 이어나갔다.

"그래, 이게 네가 원하던 거 아니었냐? 현오준의 팀에 들어간 게, 차원 균열 안을 보고 싶어서였지? 네 소원을 들어주마. 죽은 사람 소원도 들어준다는데, 산 사람 소원 하나 못 들어주겠냐?"

*   *   *

'이 정도면 졸아서 무릎을 꿇겠지.'

우주환은 생각했다. 하지만 아니었다.

"난 날 차원 균열 안에 던져 넣으려는 놈을 절대 용서하지 않아."

최재철은 주제에 걸맞지 않은 건방진 소릴 했다.

"용서하지 마라, 이 새끼야!"

우주환은 최재철의 멱살을 잡았다. 그리고 들어서 던지려고 했다. 그의 힘이라면 이 거리에서라도 인간 하나를 차원 균열 안으로 던져 넣는 것도 그리 어려운 일은 아니었다.

그러나 다음 순간, 그가 예상하지 못한 일이 일어났다. 최재철의 몸을 들어 올린 건 맞았다. 하지만 그 방향이 이상했다. 최재철은 그의 등 뒤에 있었다.

'뭐야?'

자신의 팔이 거꾸로 꺾인 것을, 우주환은 뒤늦게 알았다.

관절이 꺾인 건 아니었다. 어깨가 잘려 나가 힘을 전달받지 못한 것이었다.

"끄아아아아악!"

입에서 저절로 비명이 튀어나왔다. 팔이 잘려 나가는 고통이 느껴졌다. A급 어벤저로 각성한 후로는 단 한 번도 겪어보지 못한 그 고통에, 그는 비명을 참지 못했다.

그리고 여기는 차원 균열 주변이었다. 헉, 하고 자신의 비명을 삼킨 그는 급히 차원 균열 쪽을 바라보았다. 다행히 그 비명에도 어보미네이션이 기어 나온 것 같지는 않았다.

스물.

공간이 일그러진 것을 발견한 건 기적과도 같았다. 그는 A급 신체 강화 능력자였지만 눈과 귀를 강화하는 법은 몰랐다.

좋지 않았다. 만약 방금 전에 본 일렁임이 어보미네이션의 것이라면, 그는 천적과 만난 것이나 다름없었다.

그에게는 투명체를 간파할 수 있는 능력이 없다. 게다가 공격 방식은 근육을 이용한 근접 전투. 인비지블 비스트라도 나왔다면 눈 뜬 채 죽어야 한다.

'씨발, 씨발! 왜 이렇게 된 거야? 최재철은 어디 갔어?!'

최재철은 다시 모습을 감춰 버렸다. 그리고 이 주변에 살아서 움직이는 거라곤 우주환밖에 없다. 지금 이런 상황이라면 어보미네이션은 100% 확률로 자신을 노릴 것이다. 우주환은 직감적으로 판단했다.

눈에 보이는 가장 가까운 생명체를 덮치는 게 어보미네이션의 습성이다. 그러한 어보미네이션의 습성을 누구보다 잘 알고 있는 사람이 바로 우주환이었다.

어떻게 하면 어보미네이션의 공격성을 타인에게 떠넘길 수 있는지, 그리고 어떻게 그걸 이용해서 자신의 손을 더럽히지 않고 미래에 자신의 자리를 위협할 수 있는 싹수를 쏙싹할 수 있는지 그는 너무나도 잘 알고 있었다.

그리고 지금 그는 쏙싹당할 대상은 바로 자신이라는 것도 알아차렸다.

우주환은 입을 꽉 물고 도망치기 시작했다. 잘려 나간 어깨를 반대쪽 손으로 붙잡고 고통을 참은 채, 그는 전력을 다해 달렸다.

그러나 혹은 아니나 다를까.

퍼억.

중국 식칼로 고깃덩어리를 내려쳤을 때 나는 소리가 났다. 그리고 실제로 그런 현상이 나타났다. 물론 고깃덩어리는 우주환, 중국 식칼은 눈에 보이지 않는 어보미네이션이 맡았다.

"끄악!"

미처 참지 못하고, 우주환은 비명을 지르고 말았다. 허벅지

살이 야구공만큼 떨어져 나갔는데 비명을 지르지 않는 게 더 이상하긴 하지만, 어쨌든 그 비명으로 인해 상황이 더 악화될 수도 있었다. 차원 균열에서 추가로 어보미네이션이 기어 나올 수도 있었으니 말이다.

우주환은 뒤를 돌아보지는 않았다. 그냥 차원력을 상처 부위에 불어넣어 대충 지혈을 마치고 다시 달리기 시작했다. 이런 행동이 어떤 의미도 없다는 걸 알고 있음에도 불구하고, 그는 살아남기 위해 최선을 다할 수밖에 없었다.

등 뒤에서 찹찹, 하는 소리가 들렸다. 어보미네이션이 그에게서 뜯어낸 허벅지 부위 고기를 씹어 먹는 소리였다.

우주환의 입장에서는 소름이 돋는 소리였지만, 동시에 다행이기도 했다. 어보미네이션이 고기를 먹느라 정신이 팔려서 조금이라도 속도가 느려진다면, 우주환의 생존 확률 또한 올라갈 테니까.

'살아남을 수 있어!'

우주환은 그렇게 생각했다. 하지만 잘못된 생각이었다.

퍼억.

이번엔 목덜미였다. 원래대로라면 머리로 가야 할 피가 허공에 팍 솟구쳤다. 우주환은 몇 걸음 더 도망쳤다. 거기까지였다.

우주환은 쩍 벌어진 입을 보았다. 거기서 그의 의식은 끊겼다.

그리고 그의 숨도 끊어졌다.

＊   ＊   ＊

변색 도마뱀. 지구에서는 빅 카멜레온이라는, 알기 쉬운 이름으로 불리는 저 어보미네이션은 사실 랭크로 치면 C급이었다. 그러나 자신의 몸 색깔을 순식간에 바꿔 모습을 숨기는 그 특질 덕에, 아무나 잡을 수 있는 어보미네이션은 아니었다.

그냥 몸 색깔만 바꾼다면 특수한 수단 같은 게 필요할리도 없지만, 변색 도마뱀은 자신을 목격하는 사람들이 멋대로 '안 보인다'고 생각하도록 만드는 능력도 기본적으로 가지고 있는 것이 문제였다.

변색 도마뱀의 이런 정신 공격을 막는 방법은 생각 외로 간단하다.

바로 '나는 투명한 것도 볼 수 있다'라고 생각하면 된다. 이러면 변색 도마뱀의 암시에 걸려들지 않는다. 변색 도마뱀은 여전히 변색 능력을 갖고 있긴 하지만, 적어도 일방적으로 당하지는 않게 된다.

하지만 사람이 아무리 마음을 단단히 먹겠다고 생각해도 실제로는 그렇게 되지 않는 것처럼, '나는 투명한 것도 볼 수 있다고 생각한다'라고 해서 실제로 그 사람이 '투명한 것도 볼 수 있다'고 생각할 수는 없다.

즉, 변색 도마뱀을 보기 위해서는 실제로 투명체를 간파하는 능력이 필요하다. 정말로 투명한 걸 볼 수 있다면 따로 마음먹을 필요는 없으니까.

아니면 단순히 정신 능력을 막는 방벽을 치거나, 자신이나 타인에게 암시를 걸어주는 방법도 생각해 볼 수 있겠다.

그리고 우주환은 세 가지 능력 모두 없었다.

투명체를 간파하는 능력은 C급에 속한다. 신체 강화 능력의 하위 범주에 속하니, 투명체 간파 능력만 갖고 있다면 랭크는 오히려 더 낮을 수도 있었다. 하지만 우주환은 극단적인 근력 강화 능력에만 특화되어 있었고, 그 힘으로 인해 A급을 받았다.

그래서 A급 어벤저라는 양반이 C급 어보미네이션에게 이리도 쉽게 참살당한 것이다.

단순히 랭크로만 차원 능력자를 구분해서는 안 되는 이유가 바로 여기에 있다. 랭크의 고하보다는 필요한 상황에 필요한 능력을 갖고 있는 것이 더욱 중요하다.

실제로 헬필드 바깥에 나온 변색 도마뱀들을 처치한 건 C급 어벤저, 여의주였다. 혼자 힘으로 잡은 건 아니지만 그의 투명체 간파 능력이 큰 도움이 되었다.

변색 도마뱀들을 전부 처치한 후, 우주환 팀과 현오준 팀의 합동훈련은 그대로 종료되었다. 아무리 그래도 사람이 죽어나갔는데 아무런 사후 처리도 없이 훈련을 계속할 수는 없었으니 당연한 수순이었다.

*　　　　*　　　　*

당연하지만 우주환의 죽음에 최재철은 아무런 책임도 질 필요가 없었다. 그가 한 행동은 모조리 정당했다.

가장 처음에 리자드독을 우주환에게 던진 것은 물론, 모습을 숨겨서 위기를 모면한 것도 비난받을 일은 아니었다. 그가 우주환의 어깨를 자르긴 했지만, 그건 우주환이 먼저 그를 차원 균열 쪽으로 던져 넣으려고 했기 때문이었다. 정당방위였다.

차원 균열 주변에서 언성을 높여서 필요 이상의 어보미네이션을 끌어낸 것은 온전히 우주환의 책임이었다. 그중에 변색 도마뱀이 포함된 것도 물론 다른 사람에게 책임을 떠넘길 수 있는 요소는 아니었다.

자업자득.

그렇게 정리되었다.

"하지만 최재철 씨, 어쩌다가 우주환 팀장이 그렇게 흥분하게 된 건가요?"

사정 청취를 맡은 사람은 현오준이었다. 그런 현오준에게 최재철은 명쾌한 대답을 했다.

"반말을 했어요."

"저런."

현오준은 고개를 끄덕였다. 그리고 녹음기를 껐다.

헬필드 안에서는 녹음이나 녹화는커녕 사진조차 찍히질 않는다. 그래서 헬필드 안에서 일어나는 일에 대해서는 오로지 증인의 증언만이 증거로서 유효하다.

지금 한 사정 청취도 기록의 일환으로 남겨야 하기 때문에 녹음을 한 것이었다.

"하지만 팀장님, 다 보고 계셨죠?"

녹음기가 꺼지자마자 최재철은 현오준에게 그런 질문을 던졌다.

현오준 또한 A급 신체 강화 능력을 지니고 있었고, 우주환과는 달리 감각 기관을 강화하는 능력도 사용할 수 있었다.

현오준이 최재철에게 자신의 능력에 대해 정확히 밝힌 적은 없지만, 바로 어제의 일만 떠올려 봐도 알 수 있는 일이었다. 그는 어제 인비지블 비스트의 등장을 감지하고 그 공격을 간파해 오연화를 지킨 데다 마무리 일격까지 날렸다.

그런 현오준의 능력이라면 아무리 멀리서 헬필드 너머에서 일어난 일이라 한들, 지켜보고 있었을 가능성이 높았다. 보기만 한 게 아니라 듣고 있었을 가능성까지 있었다.

하지만 방금 전의 사정 청취에서 현오준은 아무것도 모르는 것처럼 임했다.

"…예, 뭐."

현오준은 거짓말해 봐야 별 의미가 없다고 결론을 내린 듯, 고개를 끄덕였다.

"하지만 최재철 씨가 거짓 증언을 하질 않아서 별로 의미가 없었긴 했죠. 결과를 놓고 보니 제가 속인 것 같아서 죄송스럽습니다만……."

"아뇨, 괜찮습니다. 사실 거짓말을 하신 것도 아니잖습니까?"

"그렇게 말씀해 주시니 다행이로군요."

그렇게 안도의 한숨을 내쉬고 난 후에도, 현오준에게서는 약간 망설이는 기색이 보였다.

"저, 최재철 씨."

"예."

"질문 하나만 더 해도 되겠습니까? 물론 이건 녹취하지 않겠습니다."

"그 질문을 듣고 결정해도 될까요?"

"물론이죠."

"그럼 질문부터 듣죠."

"어째서 오늘 디코이 역할을 자처하셨죠?"

날카로운 질문이었다. 최재철은 대답하는 것을 약간 망설였다. 그 침묵을 어떤 의미로 받아들인 건지, 현오준은 다시 입을 열었다.

"최재철 씨, 당신은 유능한 어벤저입니다. 어딜 봐도 C급 이상이죠. 아니, 사실 저는 당신을 A급 이상으로 평가하고 있습니다."

현오준의 말에 최재철은 놀라 눈을 크게 떴다. 그가 현오준의 앞에서 보여준 능력은 높게 쳐봐야 B급 정도다. 그럼에도 불구하고 현오준은 확신을 담은 목소리로 최재철을 이렇게 평가하고 있다.

A급 이상이다.

현오준의 랭크가 A급이라는 것을 감안하면, 그는 최재철이 자신을 능가한다고 평가한 것이나 다름없었다.

"네, 저는 당신을 저보다도 높은 전투력을 지니고 있다고 판단하고 있습니다."

그리고 현오준은 간단히 고개를 끄덕여, 최재철의 가설을 참인 명제로 바꿔놓았다.

"어벤저 스킬 시험장에서 나누는 랭크는 사실 정확하지 않죠. 아무리 랭크가 높다한들, 그걸 활용하는 방법에 따라 전투력은 크게 차이가 나게 마련이고, 어벤저 스킬 시험장의 측정 장비는 이런 것까지 판별해 주지는 않습니다."

정확한 지적이었다. 아무리 품고 있는 차원력이 방대하다

한들, 그걸 활용하는 방법을 모르면 C급만도 못하다. C급 어보미네이션인 변색 도마뱀에게 참살당한 A급 어벤저 우주환이 그 좋은 예였다.

"최재철 씨의 어벤저 스킬 응용력은 엄청나게 높습니다. 그걸 알기 때문에 저는 오늘 당신이 디코이로 나서는 걸 막지 않았습니다. 하지만 최재철 씨, 만약 당신이 어디에서나 볼 수 있는 전형적인 C급 어벤저였으면 오늘 죽었을 겁니다."

죽음.

무거운 단어다. 꺼내기 쉬운 단어는 아니다.

하지만 현오준은 그 단어를 말했다.

"우주환 팀장은 당신을 죽이려고 했습니다."

"여의주를 죽이려고 한 것처럼… 말씀입니까?"

"이제까지 그런 일이 몇 번 있었죠."

이미 희생자가 있었던 모양이었다. 그리고 오늘 최재철이 아무런 책임도 지지 않은 것처럼 우주환 또한 아무런 책임도 지지 않았던 모양이었다.

하기야 팀원의 죽음에 대해 도의적 책임이라도 졌다면 여태 팀장 자리에 앉아 있을 리도 없다.

"최재철 씨, 어째서 오늘 살해당할 위험까지 안고 디코이로 나서셨죠?"

"제가 나서지 않았다면 다른 누군가가 죽을 테니까요. 앞으로, 누구든."

최재철은 한숨을 내쉬었다.

"저는 제 미약한 힘으로나마 그에게 교훈을 줄 수 있을 거라고 믿었습니다. 헛된 믿음이었죠. 저는 그가 그렇게 쉽게 죽음을 택할 줄은 미처 몰랐습니다."

우주환 본인의 말을 빌리자면, 그는 '자살'한 셈이다.

"관대하시군요."

현오준은 최재철의 생각으로는 의외의 말을 꺼냈다.

"말씀하신 대로 저는 그 상황을 모두 보고, 듣고 있었습니다. 그러니 저는 최재철 씨가 우주환 팀장을 직접 죽였어도 이상하지 않다고 생각했습니다."

"C급이 A급을요?"

최재철은 웃었다. 재미있는 농담이었다. 그러나 현오준의 얼굴에 농담하는 기색 같은 건 없었다. 오히려 그는 더욱 진지한 목소리로 그에게 이런 제안을 건넸다.

"그러고 보니 새로운 능력을 사용하실 수 있게 된 모양이더군요. 다시 한 번 라이센스 검사를 받아보시는 게 어떻습니까? 검사비는 회사에서 지원하고 있습니다."

당시의 상황을 모두 듣고, 보고, 알고 있었다니. 최재철이 바람의 장벽을 쳐서 투명화와 비슷한 효과를 얻은 걸 현오준도 알고 있을 터였다.

"그거 하면 연봉은 오릅니까?"

"이미 한 번 체결된 계약이라 그건 좀 힘들 겁니다만……. 대신 내년 연봉 협상에 유용한 카드로 쓰일 겁니다."

"그럼 내년에나 하죠."

최재철은 웃어보였다.

"그렇게 하시죠."

현오준은 고개를 끄덕였다.

이것으로 사정 청취는 종료되었다. 공식적인 것으로든, 비공식적인 것으로든.

*   *   *

최악이다.

이지희의 전 소속사 실장이자 매니저였던 김현직은 생각했다.

그는 사장 명령으로 이지희를 '조용히' 데려오기 위해 어벤저들을 고용했다. 고용 대상인 어벤저는 총 다섯 명. 한 명은 C급이고, 나머지는 전원 D급이다.

이거야 뭐, 별문제가 되지 않는다. 잘은 모르지만 이지희가 B급 이상일 것 같지는 않으니 말이다. 이지희와 함께 있던 남자 어벤저도 마찬가지. 상식적으로 B급 이상 어벤저이라는 게 그렇게 어디에나 널려 있는 존재일 수가 없다.

김현직의 기준으로 '초인'인 B급 이상만 아니라면 아무리 어벤저라 한들, 덤비는 상대도 어벤저라면 머릿수로 충분히 제압할 수 있을 터였다.

문제는 이들의 인성이었다.

"이 여자를 납치하라고?"

길드장을 맡고 있는 이는 C급 어벤저로 이름은 오만구라고 했다. 2m의 거구로 몸으로 먹고 사는 직업답게 잘 단련된 근육질에 배는 좀 나오기는 했지만 체구 자체가 크니 그런 면에선 오히려 든든함이 느껴졌다. 몸은 그랬다.

"그래."

"크흐흐, 미인이로군."

문제는 얼굴이었다. 더 정확히는 눈이었다. 뭐에라도 취한 듯, 풀린 눈으로 이지희의 사진을 감상하던 오만구는 혀로 입술을 핥더니 김현직에게 이렇게 물었다.

"그럼 우리가 좀 맛봐도 되나?"

뭐가 '그럼'이야? 뭘 맛본다는 거야? 김현직은 이들의 사고구조를 전혀 이해할 수 없었다.

"안 돼."

김현직의 대답을 들은 어벤저는 빙그레 웃었다.

"그렇군. 알았어."

그 대답을 들은 김현직은 불길한 예감에 휩싸였다. 전혀 알아들은 눈치가 아니었다. 아니, 그의 말을 그냥 대놓고 무시할 것처럼 보였다.

"가자, 얘들아."

"예, 형님!"

어벤저들의 집단인 길드인 주제에, 그들은 마치 조폭처럼 말하고 행동했다. 하기야, 그건 김현직과 그의 부하 직원들도 마찬가지긴 했다.

'에잇, 일어나지도 않은 일로 걱정하지 말자. 설마 정말로 이지희에게 쓸데없이 손을 대겠어?'

김현직은 애써 그렇게 생각하기로 했다.

13장

가르침

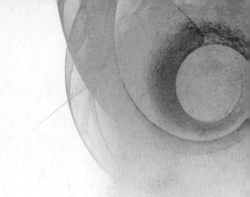

회사 건물 지하에 마련된 훈련실에 현오준 팀의 팀원들이 옹기종기 모여앉아 있었다. 현오준과 최재철이 훈련실 문을 열고 들어오자, 다들 일어서서 그들을 맞이했다.

"스승님! 괜찮으신가요?"

"괜찮아요, 선생님? 팀장님이 안 괴롭혔어요?"

이지희와 오연화가 최재철에게 먼저 다가가 걱정스러운 듯 물었다.

"…저라도 팀장님 걱정을 해야 될 분위기……."

"됐습니다."

구문효의 말에 현오준이 정색하면서 한쪽 손을 들어 저어했다.

"괜찮아. 그냥 사정 청취 하는 거라고 말했잖아. 기록이야, 기록."

최재철이 그렇게 말하며 이지희와 오연화를 안심시켰다.

"헬필드 안에서는 사진도 영상도 안 남으니까요. 의례적으로 한 겁니다."

최재철에 이어서 현오준이 설명했다.

"어쨌든 오늘 보셨듯이 헬필드 안에서는 언제나 위험이 존재합니다. 우주환 팀장 같은 A급 어벤저라 해도 예외는 아니지요. 그리고 차원 균열 안쪽은 더욱 위험하다고 합니다. 저도 직접 들어가 본 적은 없지만, 일단 미군의 보고에 의하면 그렇다고 하더군요."

"그러니까 우리는 훈련을 더 해야 합니다, 맞죠?"

구문효가 익살스럽게 현오준의 말투를 따라하면서 말했다. 오연화는 질색했지만 이지희는 웃지 않았다. 현오준이 다시금 위험에 대해 인식시킬 필요도 없이, 이지희는 오늘의 사건에 꽤 충격을 받은 모양이었다.

"그렇습니다. 하지만 오늘은 실전 훈련을 할 만한 적당한 차원 균열이 없으니 부득이하게 실내 훈련으로 대체하겠습니다. 자, 그럼 구문효 씨와 제가 파트너가 되어 훈련하고."

"아니, 또 왜요?"

현오준의 말에 구문효는 질색했지만, 현오준은 그냥 무시하며 계속해서 지시했다.

"이지희 씨는 최재철 씨가 가르쳐 주십시오."

"네? 제가요?"

최재철이 놀라 되물었다. S급 랭커인 오연화가 있는데, 같은 신입 사원인데다 랭크까지 더 낮은 최재철이 이지희를 가르쳐야 할 이유가 없었다. 하지만 현오준은 고개를 저었다.

"일단 이지희 씨가 최재철 씨를 스승으로 모시고 있는 것도 있지만 그보다도……"

"네, 저 가르치는 건 잘 못하더라고요. 보통 천재는 범재를 가르치지 못하는 법이라고 하던데, 제가 딱 그 꼴이에요."

오연화가 끼어들며 자랑이라도 하듯 그런 말을 주워섬겼다.

"그리고 S급 랭커인 오연화 씨는 개인 정비를 해주십시오."

"게임해도 돼요?"

"물론이죠."

뭐가 물론이라는 거지? 최재철은 그렇게 생각하며 오연화를 빤히 바라보았다. 그 시선을 느낀 건지 오연화는 움찔하며 손을 내저었다.

"농담이에요. 그냥 여기서 보고 있을게요. 아, 아니! 참관수업 할게요!"

오연화의 그런 반응에 현오준은 고개를 갸웃거렸다. 저 아가씨가 오늘은 웬일이지? 딱 그런 표정이다. 평소에 어떻게 행동하는지 뻔히 보이는 반응이기도 했다.

"그럼 그렇게 하시죠."

그렇게 지시를 끝낸 현오준은 구문효를 데리고 사격장으로 향했다.

"자, 그럼 우리도 시작하자."

최재철은 이지희를 돌아보며 말했다.

"아, 네!"

이지희가 기합이 잔뜩 들어간 표정으로 고개를 끄덕였다.

"좋아, 그럼 따라와."

"네!"

오연화는 구문효 쪽은 돌아보지도 않고 바로 최재철을 졸졸 따라왔다. 최재철은 그녀에게는 아무 말도 하지 않았다. 훈련실 구석으로 이동한 그는 자신을 따라온 이지희에게 말했다.

"내가 주특기로 하는 건 신체 강화 능력이지. 그러므로 나는 네게 신체 강화 능력에 대해 가르치겠다."

그는 훈련실 벽 한쪽에 말려진 채 기대어 놓은 매트를 들어서 폈다.

"하지만 스승님, 전 방전 능력자인데… 제가 신체 강화 능력을 얻을 수 있을까요?"

"사실 신체 강화 능력은 고유 능력이 아니라서 누구나 사용할 수 있어."

차원 능력은 고유 능력과 일반 능력으로 나뉜다.

고유 능력이라고 해서 해당 능력자만 얻을 수 있는 능력이 아니다. 같은 고유 능력을 지닌 동종 능력자가 둘 이상 있을 수 있다. 하지만 보통은 이미 어떤 고유 능력을 가진 차원 능력자라면 다른 고유 능력을 배우기는 매우 힘들다.

일반 능력은 차원 능력자라면 누구나 얻을 수 있는 능력을 가리킨다. 물론 개인의 노력도 필요하고, 스승의 가르침이나 어떤 계기가 필요한 경우도 있다. 영 상성이 맞지 않는다면 아무리 일반 능력이라 해도 얻을 수 없는 경우의 수도 존재한다.

지구에서도 이런 구분법을 사용하는지는 의문이지만, 최재철은 그냥 자신의 개념으로 이지희를 가르치기로 마음을 먹은 터였다. 덤으로 뒤에서 듣고 있는 오연화에게도 말이다.

"내가 말한 차원력이라는 힘의 개념은 이해했지?"

"네. 어벤저 스킬을 사용하기 위한 자원 같은 거였죠?"

그 정도로는 차원력이라는 힘에 대해 절반도 이해하지 못한 것이지만, 최재철은 굳이 지적하지 않았다. 지금 수준으로는 그 정도로 충분하니까.

"넌 그 차원력을 전기 능력으로 치환하는 방법을 본능적으로 깨달았고, 손끝에서 전기력을 방출하고 있을 거야. 하지만 어째서 그렇게 되는지에 대해서는 생각한 적이 있나?"

"어… 없는데요. 그냥 하다 보니 되던데."

"바로 그거야."

"네?"

이지희는 최재철의 말이 의외였는지 화들짝 놀랐다.

"차원력이 어떻게 전기력으로 치환되는지 생각할 필요가 없듯이, 그걸 근력으로 바꾸는 것도 생각할 필요가 없어. 중요한 건 이미지지."

"이미지……."

"이제부터 이미지 훈련을 할 거야. 매트 위에 앉아."

이지희는 최재철의 말대로 매트 위에 앉았다. 오연화도 잠깐 망설이다가, 이지희와 1m 정도 떨어진 곳에 앉았다.

"좋아, 이제부터 차원력이라는 힘에 대해서 상상해. 그 힘은 아마도 네 단전에서 시작될 거야. 그리고 내가 능력을 사용하겠다고 마음을 먹으면 단전에서 뿜어져 나온 차원력이 배와 가슴, 어깨, 팔, 손가락 끝을 통과하겠지. 순식간에."

최재철이 그렇게 말하자, 이지희의 손끝에서 작은 스파크가 튀기 시작했다.

"잘 하고 있어. 이제 그걸 천천히 할 거야. 아주 천천히. 단

전에서 차원력이 조금씩 뿜어져 나와서 배를 통과하고……."

최재철은 느릿하게 말했다.

"가슴… 어깨… 팔… 멈춰."

파지지직.

스파크가 튀었다. 이지희의 얼굴에 당황한 빛이 띠었다.

"훌륭해."

하지만 최재철은 미소를 지었다.

"네 차원력이 전기력으로 치환되는 데 걸리는 시간이 늦어졌어. 제대로 이미지를 하고 있다는 증거야. 자, 다시 처음부터. 단전… 배… 가슴… 어깨… 팔……."

최재철은 느릿느릿 말했다.

"좋아, 멈춰."

지직, 지직. 작은 스파크가 튀었다. 조금 전보다 작다.

"굉장히 습득이 빠르군."

최재철은 이지희를 칭찬하며, 옆에 놓인 두꺼운 샌드백을 들어서 이지희 앞에 놓았다.

"쳐봐."

펑!

70kg은 충분히 넘는 샌드백이 3m 정도의 허공을 수평으로 날았다. 그걸 본 이지희는 눈을 휘둥그레 떴다. 오연화도 마찬가지였다.

일반적인 여자 힘으로 날릴 수 있는 무게의 샌드백은 아니다. 그리고 이지희는 그렇게 특출 날 정도로 근력을 단련시킨 여성이 아니다.

그런데 샌드백은 허공을 날았다. 상식적으로 생각하기 어려운 일이 일어났다.

즉, 이건 능력이다. 지구의 방식으로 말하자면 어벤저 스킬이다.

"자, 지금 네가 한 게 신체 강화, 그중에서도 근력 강화다. B급 수준치고는 많이 약한데, 도중에 차원력이 전기력으로 변환되어 새어 나와서 그래. 온전히 근력으로만 전환한다면 이것보다는 훨씬 센 펀치를 날릴 수 있게 될 거다."

최재철은 아무렇지도 않은 듯 설명했다.

"이, 이런 걸 선생님은 어떻게 알게 됐어요?"

오연화가 손을 들고 질문했다.

"젊었을 때… 아니지, 어렸을 때 무협 소설을 많이 읽어서 그래."

이 대답은 거짓말은 아니었다.

군대에서 무협 소설을 열심히 탐독한 그는 자신이 새롭게 사용할 수 있게 된 신체 강화 능력을 무협에 나오는 내공이라고 생각했다. 그래서 그런 식으로 운용하고 연마했다.

물론 차원력은 내공 같은 건 아니었고, 무협 소설에 나오는 운기조식을 한다고 해서 늘어나지는 않는다. 하지만 내공과 같은 형식의 응용법이 유효한 것은 사실이었다.

그가 '상아탑'에서 가르칠 때 같은 방식으로 교육을 했는데, 이 방법으로 상당수의 차원 능력자에게 신체 강화 능력을 획득시킬 수 있었다.

'정말로 아무나 다 쓸 수 있는 건 아니었지만.'

차원력의 운용에 가장 중요한 것은 이미지화 하는 능력이다. 그리고 이지희는 이 능력이 상당히 뛰어났다. 오연화가 옆에서 같은 식으로 해보려고 애쓰고 있는데 잘 안 되는 것을 보면 차이가 확연히 드러났다.

"차원력이 배를 통과할 때 집중시키면 배가 강화되고, 가슴을 통과할 때 집중시키면 가슴이, 어깨에 집중시키면 어깨가, 팔에 집중시키면 팔이 강화된다. 차원력이 머무르는 지점이 강화된다고 생각하면 될 거야."

이지희와 오연화는 동시에 고개를 끄덕였다. 눈이 초롱초롱한 게 수업에 집중하고 있다는 것이 확 드러났다.

'태도가 좋은 학생들이로군.'

최재철은 만족스럽게 생각하며 설명을 이어나갔다.

"하지만 실제로 신체 강화 능력을 사용할 때 신체 일부만 강화시켜서 사용하면 강화되지 않은 부분이 파손돼. 쇠망치의 손잡이를 수수깡으로 만들면 제대로 휘두르지도 못하고 부러지겠지? 그런 느낌이야."

자신의 팔이 수수깡처럼 으스러지는 걸 상상이라도 한 건지, 이지희의 얼굴이 파랗게 질렸다. 상상력이 너무 좋은 것도 문제라고 생각하며 최재철은 속으로 웃었다.

"그러므로 이번에는 연습 방법을 바꾼다. 차원력을 배에 일부, 가슴에 일부, 어깨에 일부, 팔에 일부를 조금씩 남겨가면서 옮기는 걸 이미지해 봐."

*　　　*　　　*

훈련을 끝낸 이지희는 땀으로 흠뻑 젖어 있었다. 오연화도 땀을 흘린 건 마찬가지였지만, 이지희 정도는 아니었다.

차원력을 운용하는 데는 집중력과 체력을 요한다. 무조건 많이 한다고 좋은 건 아니었다. 그렇기에 최재철은 계속하겠다는 이지희에게 훈련 종료를 고했다.

"선생님, 저는 지희 언니보다 재능이 없는 걸까요?"

참관만 하겠다는 애가 어느새 수업에 푹 빠져 있더니만, 그 끝에 한다는 소리가 이거였다. 물론 오연화 이야기다. 그 소릴 들은 최재철은 픽 웃었다.

"S급 랭커가 그런 소릴 했다는 소문이 퍼지면 전 세계의 C급 어벤저들이 절망하고 좌절한 끝에 극단적인 선택마저 하고 말

거다. 어디 가서 그런 소리 하지 마."

"선생님도 C급이잖아요."

"그러니까 하지 말라고."

최재철이 노려보자 오연화는 꺅꺅거리며 좋아했다.

'아니, 어째서?'

그런 오연화의 반응이 최재철의 입장에서는 의문스러울 따름이었다.

그러고 있는 최재철과 오연화를 번갈아 보던 이지희가 문득 입을 열어 이렇게 말했다.

"사이… 좋아지셨네요."

"그래 보여?"

최재철은 고개를 갸웃거리며 되물었다. 그의 기준으로는 딱히 오연화를 어제보다 더욱 친근하게 대했다는 느낌은 없었다.

하지만 이지희의 표정은 심각했다.

"호칭도 선생님으로 바뀌었고……."

"네, 어제부로."

이번에는 오연화가 고개를 끄덕이며 대답했다.

"스승님… 어제랑 똑같은 양복……."

"그야 어제 집에 못 들어갔거든. 연화 집에서 잤어."

"네?!"

이지희의 목소리가 뒤집어졌다. 그런 이지희의 반응에 최재철은 이 아가씨가 잘못 들은 줄 알고 다시 한 번 말했다.

"아, 어제 연화가 집에 돌려보내질 않아서 말이야."

"그, 그렇게 말하지 말아요."

오연화가 부끄러워하면서 몸을 배배 꼬았다.

'얘는 또 왜 이래?'

최재철은 내심 이상하게 생각하면서 입을 열었다.

"사실이잖아."

"그야, 사실이지만서도."

오연화는 최재철의 시선을 피하면서 힐끔힐끔 그를 쳐다보았다. 그런 둘의 모습을 아연한 표정으로 바라보던 이지희는 문득 정신을 차린 듯 일침을 놓았다.

"스승님……. 그거, 범죄예요."

"스승이라 부르면서 범죄자 취급을 하다니."

최재철은 어이가 없어서 손을 내저었다.

"네가 생각하는 그런 일은 없었어."

"제가 무슨 생각을 했는데요?!"

"범죄라며? 내가 오연화 집에서 물건을 훔쳤다거나, 뭐, 그런 생각을 한 거 아냐?"

최재철은 태연하게 그렇게 대꾸했다. 물론 실제로는 이지희도 범죄라고 해서 도둑질 같은 걸 생각하지는 않았겠지만, 굳이 그녀의 망상이 뭔지 확실하게 들춰줄 이유는 없었다. 성희롱이 될 수도 있으니 말이다.

"저, 그런 생각 한 거 아니에요."

"그럼 무슨 생각했는데?"

"……."

할 말이 있을 리가 없다. 그리고 그게 최재철이 노린 바였다.

"그보다 오늘도 집까지 데려다줄까 생각하는데, 어때?"

"…저요? 저희 집이요? 저를요?"

생각에 잠겨 정신을 놓고 있던 이지희는 화들짝 놀라서 되물었다.

"그럼 너희 집에 널 데려다주지, 오연화를 데려다 앉히겠어?"

"그것도 괜찮을 거 같은데요."

오연화가 끼어들었다.

"안 돼."

이지희가 말했다.

"오늘은 내 차례야."

"차례?"

"아무것도 아니에요."

이지희는 생글생글 웃고 있었다. 누가 에어컨을 틀기라도 한 건지 어째 훈련실의 기온이 몇 도쯤 내려간 것 같았다. 그러자 오연화가 한 걸음 물러나며 입을 열었다.

"그것도 그렇네요. 그럼 오늘은 제가 물러서죠. 어차피 어제 랭겜을 못 돌려서 오늘 돌려놔야 돼요."

"랭겜?"

"아무것도 아니에요."

오연화는 생글생글 웃고 있었다. 또 뭔가 게임 용어를 자기도 모르게 말해 버린 걸까. 최재철은 생각은 했지만 그걸 굳이 확인하려고 하지는 않았다.

"어쨌든 결론은 난 것 같군. 좋아, 그럼 휴식도 끝난 거 같으니 다시 훈련을 시작하지."

"네!"

이지희와 오연화, 두 사람의 목소리가 겹쳐졌다. 둘은 서로를 응시했다. 제자 간에 경쟁이 붙는 건 가르치는 입장에서는 좋은 일이다. 최재철은 만족스럽게 고개를 끄덕였다.

*　　　*　　　*

최재철과 이지희는 퇴근길에 올랐다. 어제와 달리, 오늘은 둘이서.

"오늘은 아무 일도 없었으면 좋겠군."

"아하하, 그러게요."

최재철의 말에 이지희는 밝게 웃었다. 어째선지 기분이 좋아보였다.

"저녁 식사 하실래요? 제가 쏠게요!"

"아니, 그건 좀. 지난 주말에도 내가 얻어먹었는데."

"아… 네……."

이지희의 어깨가 금세 축 처졌다. 이렇게까지 대놓고 티를 내는데, 최재철도 더 이상 모른 척할 수는 없었다.

"저기, 미안하지만……."

"네?"

최재철이 발걸음을 멈췄다. 이야기도 멈췄다. 그는 시선을 돌렸다. 그리고 말했다.

"어벤저로군."

"네?"

"그것도 다섯 명."

최재철은 쓴웃음을 지었다. 그러나 그 쓴웃음은 곧 미소로 바뀌었다. 분석 스킬을 뻗어도 아무런 반응이 없는 데다, 그 능력을 뻗어 온몸 구석구석을 분석해도 막거나 피하지 않았다.

자신을 향해 뻗어오는 능력의 존재조차 간파하지 못하는 하위 능력자. 그것도 분석 결과, 전원이 신체 강화도 간신히 하는 단일 능력자였다.

이 정도라면 차원 능력자라는 단어를 써주기도 아깝다.

'아, 지구에서는 어벤저라고 했지. 뭐, 그게 그거지.'

최재철은 속 편하게 생각했다.

"어쨌든 저 다섯 명이 정말로 우리를 쫓아오는 건지 확인해 볼 필요는 있겠군."

"다섯 명을 상대로 왜 그렇게 여유로우신 거죠?"

그런 이지희의 대답을 듣고, 최재철은 그녀에게 차원력을 감지하는 법도 가르쳐야겠다고 생각했다. 그거야 뭐 어쨌든, 그는 이지희를 데리고 계속해서 움직였다.

"포위됐어. 명백히 우릴 노리는 거로군."

"네?!"

이지희가 놀라 외쳤다.

"목소리 죽여. 어쨌든 좋은 기회야."

"좋은 기회라뇨?"

최재철의 눈에는 자기 말을 듣고 목소리를 낮추는 이지희가 귀엽게도 보였다.

"이지희."

"네?"

긴장한 기색의 이지희에게 최재철은 여유로운 목소리로 말했다.

"마음을 바꿔 먹는 데는 항상 계기가 필요한 법이지. 그리고 오늘 일은 좋은 계기가 될 거야."

"무슨 말씀을 하시는지 잘 이해가 안 되는데요."

이지희는 말은 그렇게 하고 있지만 긴장한 기색이 역력하다. 알아듣고 있다는 뜻이다. 이제부터 최재철이 자신에게 뭘 시킬지. 그리고 그걸 자신이 해낼 수 있을지에 대한 확신이 없다.

"우리 앞을 가로막은 어벤저 저 다섯 명, 네 힘으로 격퇴해."

그래도 최재철은 용서 없이 말을 끝마쳤다.

"네?!"

이지희가 깜짝 놀랐다.

"제, 제가요?!"

"그래. 흠, 이렇게 덧붙일까?"

최재철은 장난스럽게 이런 말을 덧붙였다.

"제자여, 이것이 내 첫 번째 시험이다."

"시험이요?"

최재철의 그 말에 이지희의 눈빛이 흔들렸다.

"혹시 이 시험에 떨어지면······."

"아, 그래. 페널티가 필요한가? 그럼 너한테 다시 높임말 써 준다거나, 이런 거 어때?"

"시, 싫어요."

왜 싫어하지? 최재철은 웃기다고 생각했다. 물론 싫어할 걸 알고 던진 말이긴 했지만 말이다.

"대신 네가 제대로 격퇴한다면, 네가 생각하기에 적당한 상을 하나 주지."

흔들리던 이지희의 눈빛이 번뜩였다. 분위기가 바뀌었다.

"오늘 저녁밥 사세요."

최재철은 허허 웃었다. 그 정도야 쉬운 부탁이었다. 아니, 지난 주말에 한 번 얻어먹었으니 이번엔 자기가 사야겠다고 생각하고 있던 차였다.

"좋아."

고개를 끄덕여 이지희의 제안을 받아들인 최재철은 골목 너머를 손가락으로 가리켰다.

"그럼 저것들을 저쪽으로 유도하자."

*　　　　*　　　　*

그리고 그들은 이지희와 대면했다.

서울이라는 대도시의 뒷골목. 이제부터 여기서 일어나는 일은 보는 사람도 없고 앞으로도 없을 것이다. 김현직의 동생들이 골목을 틀어막고 지키고 있기 때문이다. 경찰조차도 개입할 수 없는 법과 질서의 사각지대. 다섯 명의 어벤저가 여자를 둘러쌌다.

'아까 그 남자는 어디로 사라졌지?'

김현직은 생각했지만, 그리 중요한 건은 아니었다.

'연인 사이도 아니었던 것 같은데, 그냥 도중에 헤어져서 다른 곳으로 가버린 거겠지.'

그는 그렇게 생각하기로 했다. 문제가 생기면 그때 대응하면 된다. 그것이 김현직의 기본적인 업무 태도였다.

"크흐흐, 여자, 그것도 미녀. 좋아, 아주 좋아. 사진으로도 마음에 들었지만, 실제로 보니 더욱 예쁘군. 사진사의 실력이 엉망진창이었던 모양이야."

오만구가 앞으로 나서서 위협적으로 이지희를 내려다보았다. 키 차이는 거의 두 배는 되어 보였다. 실제로 두 배는 아니겠지만, 좌우앞뒤 어느 쪽으로 보나 이지희에 비해 오만구의 체구가 압도적이었다.

그런 오만구의 앞에 선 이지희가 전혀 위축된 기색이 없어 보인다는 점에서 김현직은 불안을 느껴야 했다.

이지희의 몸을 핥듯이 시선으로 훑은 오만구는 아무런 신호도, 사전 동작도 없이 즉시 주먹을 뻗었다. 김현직이 뭐라고 반응할 틈도 없었다. 김현직이 상황을 인지했을 때는 이미 이지희의 높은 코에 오만구의 크고 거친 주먹이 닿아 있었다.

아니, 김현직에게는 그렇게 보였을 뿐이었다.

"신체 강화는 어벤저의 기본. 그렇게 말씀하셨죠? 스승님!"

이지희가 자신만만하게 외치는 것이 들렸다.

김현직과 그의 동생들이 두려워 남자의 뒤에 숨어서 벌벌 떨다가 종국에는 다리까지 풀려 업혀가야 했던 여자였다. 그것도 바로 어제의 일이다. 그랬던 여자의 입에서 나온 소리라고는 믿을 수 없을 정도로 당당한 목소리였다.

이지희의 하이힐이 오만구의 미간에 파고드는 것을 김현직은 뒤늦게 바라보았다.

'어째서?'

1초, 아니, 그보다도 훨씬 짧은 시간 전에 맞는 쪽은 분명 이지희였다. 그런데 눈 한 번 깜박일 새에 입장이 바뀌어 있었다. 오만구는 여전히 주먹을 뻗고 있었지만 주먹은 허공을 가르고 있었다.

'그런데 왜 갑자기 장면이 바뀌어 있지? 눈도 깜박이지 않았는데!'

우지끈.

거목이라도 부러지는 것 같은 소리와 함께 오만구의 몸이 뒤로 크게 젖혀졌다.

"…크어억!"

한 타이밍 늦게 오만구가 고통의 신음을 흘렸고, 그의 거체가 뒤로 털썩 쓰러졌다.

"형님! 이 개 같은 년이!!"

오만구의 졸개들이 김현직보다는 조금 빨리 반응하며 외쳤다. 가장 먼저 반응해서 이지희에게 달려든 졸개가 받은 보상은 이지희의 뒤돌려 차기였다.

"꽥!"

기괴한 비명을 지르며 나가떨어진 그 졸개의 턱은 완전히 돌아가 있었다.

"히익! 컥!!"

다른 놈이 동료가 당하는 걸 보며 짧은 비명을 질렀지만, 그 결과 그가 다음 타깃이 되고 말았다. 손날이 목에 꽂혀 파고드는 끔찍한 광경에 김현직은 비명을 지를 뻔했다. 물론 실제로 목구멍이 뚫리는 유혈 사태는 벌어지지 않았지만 저게 얼마나 고통스러운지 직접 사장 손에 맞아본 김현직은 안다.

아직 공격을 받지 않은 두 놈은 공세를 그만두고 벌써 물러나려고 하고 있었다. 한 놈은 허둥대다 엉덩방아를 찧었는데, 이지희는 멀쩡한 쪽을 노렸다. 큰 걸음으로 다섯 걸음은 도망간 놈의 등에다 날아 차기를 퍽 먹여 날려 보내는 모습은 마치 한 폭의 그림 같았다.

와장창!

맞은 놈이 유리창 속이 처박히는 소릴 들으며, 김현직은 이게 현실 같지 않다는 생각을 했다. 이지희의 신체 능력이 좋은 건 김현직이 실장 노릇을 하며 그녀의 그룹을 프로듀스할 때도 이미 알고는 있었지만 이건 도가 심했다.

이지희는 충분히 단련된 육체를 가지고는 있지만 그게 격투기를 위한 몸은 아닐 뿐더러 힘이 셀 것 같은 몸매도 아니었다. 힘을 주면 잔 근육이 드러나긴 하지만 팔다리는 기본적으로 얇고 허리와 어깨도 결코 두껍지 않아 여리여리하다는 인상을 준다.

그냥 보기만 해도 이지희가 날려 보낸 놈하고 그녀는 체중차가 배는 날 것이다. 단순히 생각해도 가벼운 것으로 무거운 걸 쳐서 날려 보낼 수는 없다.

그런데 그의 앞에서 보이는 장면은 거의 물리 법칙을 초월한 것처럼 보였다. 체구가 작은 여자가 자신보다 훨씬 큰 남자를 발로 차서 몇 미터씩이나 날려 보내다니, 영화로 찍어봐도 비현실적인 장면이라고 비판받을 것이다.

이게 어벤저의 힘인가!

"이년이!"

과연 C급 어벤저라 해야 할까. 평범한 인간이라면 기절하거나 잘못하면 죽었을 수도 있는 일격을 맞고도 오만구는 그렇게 외치며 이지희에게 달려들었다.

이지희도 오만구를 이미 쓰러뜨렸다고 생각했는지, 방심한 틈에 오만구가 뻗은 손에 잡히고 말았다. 드드득. 멱살을 잡은 억센 손에 이지희의 블라우스 앞섶이 뜯어져 나갔다.

"이익!"

이지희가 미간을 잔뜩 찌푸리자 코 바로 위까지 주름이 졌다. 김현직은 그게 이지희가 극도로 분노했을 때 보이는 표정인 걸 알고 있었다. 과거 딱 한 번 봤다. 그가 그녀에게 스폰서 이야기를 꺼냈을 때의 일이었다.

"흐흐흐, 귀여운 것!"

오만구는 멱살을 잡은 손을 끌어당겨 이지희를 끌어안으려고 들었다. 그게 오만구의 흑심에서 나온 동작이 아님을 김현직도 알아차렸다.

'베어허그!'

곰이 사냥감을 무력화시키듯, 이지희를 끌어안아서 C급 어벤저의 신체 강화 능력을 이용해 온몸을 으스러뜨릴 셈이다!

"야아압!"

그러나 오만구의 뜻대로 일이 풀리지는 않았다. 이지희가 기합성을 내지르며 양팔에 힘을 주자, 오만구의 구속은 싱거울 정도로 쉽게 풀리고 말았다.

"헉!"

오만구는 놀라 헛숨을 토해내었다. 그건 빈틈이었다. 다음 순간, 이지희의 팔꿈치가 무방비 상태가 된 오만구의 명치에 꽂혔다.

"쿠어어억!"

급소에 꽂힌 일격에 오만구의 몸이 무너져 내렸다.

그러나 아직 공격은 끝나지 않았다. 이지희는 아름답게 단련된 다리를 하늘을 향해 쭉 뻗었다. 그리고 그 발꿈치가 무릎을 꿇은 오만구의 정수리에 내리꽂혔다.

쾅!

사람이 사람을 패는 데 이런 소리가 나도 되는가, 하는 의문이 들 정도의 파열음이 울려 퍼졌다. 파열음의 뒤로는 침묵이 찾아들었다. 그 파열음은 사람으로 하여금 닥치게 만드는 효과가 있었다. 모두가 말을, 넋을 잃은 채 이지희를 바라보고 있었다.

입에서 거품을 내뿜으며 기절한 오만구를 제외하고는.

"괴, 괴물이다!"

누군가가 그렇게 소리쳤다. 엉덩방아를 찧은 채 두목이 당하는 꼴을 멍하니 보고만 있던 놈의 비명과도 같은 외침이었다.

그 공포는 순식간에 전염되었다. 김현직에게도 말이다. 그는 이성을 잃고 뒤로 돌아 달리려고 들었다. 그러나 그게 뜻대로 되지는 않았다. 그의 앞을 이지희가 가로막고 섰기 때문이다.

'언제?! 날 앞지르는 건 보이지도 않았는데!'

김현직은 그렇게 말하려고 했지만, 실제로 입에서 터져 나간 건 비명이었다.

"그렇게 괴물 보듯이 비명 좀 지르지 마세요, 실장님. 귀청 나가겠네."

이지희는 귀엽게 미간을 찡그리며 자신의 양 귀를 막는 제스처를 취했다.

"지희, 지희야, 히… 히히히………."

김현직의 입에서는 자동적으로 이상한 웃음소리가 새어 나왔다. 그 자신조차 자신이 왜 웃는지 몰랐다. 사람은 공포에 질리면 웃는구나, 하고 나중에나 그렇게 생각했을 따름이었다.

"사장님한테 전해주세요. 저한테 손 떼시라고……. 아셨죠?"

아, 오줌 지릴 것 같다. 김현직은 그렇게 생각했지만, 사실 그는 이미 시원해져 있었다.

*　　　*　　　*

이지희가 보인 기량은 실로 훌륭했다.

신체 강화 능력이야 B급인 그녀가 당연히 쓸 수 있어야 하는 능력이었다. 차원력을 신체 능력으로 전환하는 것은 마법사가 아닌, 단일 능력만 지닌 일반 능력자라도 가능하다.

그렇다고 누구에게나 가능한 건 아니었지만, 그녀 정도의
재능이라면 쉽게 익힐 수 있을 터였고 실제로 이렇게 그의 눈
앞에서 해내 보였다.

놀라운 점은 최재철이 그녀에게 신체 강화 능력에 대해 가
르쳐 준 게 바로 오늘이라는 점이다.

신체에 차원력을 흘려 강화시키는 것은 쉽게 배웠고, 오늘
내로 해낼 수 있을 것이라고 최재철은 판단했다. 하지만 이렇
게까지 쉽게 제어해 낼 줄은 몰랐다.

보통은 좀 더 헤매게 마련이다. 팔은 강화했지만 허리는 강
화하지 못해서 펀치가 이상하게 들어가거나, 하는 시행착오를
겪는 게 일반적이다.

'그러고 보니 춤에는 자신이 있다고 했었지. 신체 능력은 원
래 뛰어났던 거려나.'

그녀는 아이돌 지망생이었고, 그런 만큼 신체를 다루는 훈
련을 미리 받았다고 해도 이상하지 않았다. 그 훈련이란 게
격투 기술이 아니라 댄스라는 점이 약간 다르지만, 춤과 격투
기는 은근히 겹치는 부분이 많기는 하다.

하지만 그것뿐만이 아니었다.

그녀의 신체 능력도 물론 훌륭했지만, 더욱 훌륭한 것은 그
녀가 사용한 기술이었다.

자신의 몸을 번개 같이 움직이는 기술. 평범한 인간의 눈

으로는 순간 이동으로밖에 보이지 않겠지만, 최재철은 그녀가 스스로의 몸을 순간적으로 번개로 바꾼 것을 보았다. 구문효가 사용한 응용 기술인 '점멸'과 동급이라고 할 수 있는 기술이었다.

그 원리는 최재철이 염동 능력에 사용되는 집중점을 기점으로 차원 커터를 뿜어내는 것과 같다. 즉, 쉬워 보이지만 상당히 고도의 테크닉이다.

물론 고유 능력에 고유 능력을 응용해서 쓰는 최재철의 복합 능력보다는 한 단계 낮은 기술이기는 하지만, 그녀 본인에게 복합 능력의 재능이 있음을 시사하는 기술이기도 했다.

그녀의 이력서에는 번개 속성의 방출 능력자라고 기재되어 있을 터였고, 실제로도 그랬을 터였다. 하지만 최재철이 신체 강화 능력이 어벤저의 기본 능력이라고 말해준 것만으로도 그녀는 스스로의 재능을 이렇게까지 개화시켰다.

"훌륭해."

그 한 마디가 아깝지가 않았다. 그야말로 마음에서 우러난 최재철의 칭찬에 이지희의 표정이 확 밝아졌다.

"그럼 합격! 합격인 거죠?!"

"그래."

최재철이 고개를 끄덕이자 이지희는 그 자리에서 깡충깡충 뛰며 기뻐했다.

"그럼 우리 밥 먹으러 가요!!"

"그전에 들를 곳이 있어."

"어디요?"

"옷집."

블라우스 앞섶이 다 뜯어져 하얀 브래지어가 훤히 드러난 이지희의 가슴을 가리키며 최재철은 쓴웃음을 지었다. 이지희는 놀라서 블라우스를 여몄다.

"후."

짧게 숨을 내쉰 최재철은 자신이 입고 있던 정장 웃옷을 벗어 이지희에게 걸쳐주며 말했다.

"그런 일격을 허용하다니, 10점 감점이야."

"그, 그래도 합격이죠?"

"그거야 물론."

최재철의 말에 이지희는 안도의 한숨을 내쉬었다.

"그런데 저 싸우고 있을 때 스승님 어디 계셨어요?"

"계속 거기에 있었어. 숨어 있긴 했지만."

정확히는 오늘 오전에 사용했던 바람의 장벽 능력을 활용해 모습을 감췄었다. 순수한 5:1을 만들기 위한 조치였다. 아까 그놈들이 남자부터 처리하자고 최재철에게 먼저 덤벼 버리면 시험이고 뭐고 없어지니까.

이지희가 신체 강화 능력을 높은 수준으로 습득했다고는

하지만, 아무래도 투명체 간파 같은 응용 능력은 아직 얻지 못한 모양이었다. 가르칠 게 많았다.

하지만 지금 당장 가르칠 필요는 없다. 본인의 모티베이션을 유지시키는 것도 중요한데, 여기엔 상벌을 확실히 하는 게 특효약이다.

"뭐 먹을까? 뭐 먹고 싶어?"

"돈까스요."

"돈까스 좋아하니? 하지만 오늘은 좀 비싼 걸 먹지 그래? 그래도 상인데."

상이라는 말에 이지희는 생각에 빠져들었다. 장고 끝에 그녀가 내놓은 답은 다음과 같았다.

"그럼… 스테이크?"

"돈까스 다음에는 스테이크라… 고기 좋아하는구나."

"네, 헤헤."

멋쩍은 듯 웃는 그녀를 데리고, 최재철은 다시 큰길로 돌아왔다.

골목길을 막고 서 있던 이지희의 전 소속사 일당 중 하나가 이지희와 최재철의 모습을 보고 놀라 눈을 크게 깜박였지만, 금세 못 본 척 고개를 돌리고 휘파람을 불기 시작했다.

그 노력을 높이 산 최재철은 그를 못 본 척해주었다.

*　　　*　　　*

자정이 지나도 김현직으로부터 연락이 없었다.

이지희의 전소속사 사장, 주승호는 손톱을 깨물었다.

"실패한 거냐. 실패한 거냐고, 김현직. 실패했으면… 실패했
으면 실패했다고 보고를 해!"

와장창!

그가 던진 유리컵에 의해 유리 찬장이 박살났다. 그리고 그
찬장에 진열되어 있던 트로피들이 와르륵 쏟아졌다.

"안 돼! 안 돼……. 내가 무슨 짓을……!"

그 트로피들은 그가 이룬 성과들이었다.

어린 여자아이들을 꼬드기고, 속이고, 팔아넘겨서 얻은 결
과물들. 죄악의 대가. 치른 희생이 컸기에 더욱 값진, 그가 이
뤄낸 것들.

그도 처음부터 이런 인간은 아니었다. 누군들 처음부터 나
쁜 놈이겠는가. 어미 뱃속에서부터 악당인 인간이 어디에 있
겠는가.

그가 처음 이 사무실을 일으켰을 때는 오로지 실패만을 경
험해야 했다.

실패, 계속된 실패. 무엇이 잘못된 걸까. 그는 생각했다. 그
리고 그러던 그에게 뻗어온 유혹의 손길. 생각의 끝에 그는

결론에 이르렀다.

'나는 너무 착하게 살려고 했어. 그래서 실패한 거야.'

그렇게 그는 유혹에 넘어갔다. 악행을 저질렀다. 그 악행으로 말미암아 그는 협박당했다. 과거에 저질렀던 악행을 덮어두기 위해 억지로 악행을 이어나갔다.

계속해서 쌓아가는 죄업으로 인한 양심의 가책에 괴로워하던 그는 심적 고통을 이기지 못하고 스스로를 정당화하기에 이르렀다.

자신이 지금 하고 있는 짓은 성공에 목마른 연예인 지망생에게 도움이 될 만한 적절한 후원자를 찾아주는 일이라고, 어디까지나 사업의 일환이라고 말이다.

'사업이라면 어쩔 수 없지. 싫어도 해야 하는 게 일이야.'

그렇게 생각하자 마음이 편해졌다. 그리고 '일을 열심히 할' 생각도 들었다. 그렇게 그는 주도적으로 악행을 저지르게 되었다.

후원자들의 취향을 분석하고 거기에 딱 맞는 여자애를 물색해서 적극적으로 접촉해 지망생으로 끌어들인 후 온갖 회유와 협박을 통해 스스로 후원자를 찾아가게 만드는 그의 수완은 그를 이 사업에 끌어들인 '그분'조차 혀를 내두르게 만들 정도였다.

'그래, 나는 나쁜 놈이야.'

변명의 여지가 없었다. 유혹에 넘어간 인간이 누굴 탓할까. 그는 그냥 악당이었다. 영화나 소설, 이야기에나 나올 전형적인, 그림에 그린 것 같은 악당이었다.

그러나 악당이라면, 악행을 저지를 거라면 성공이라도 해야 했다.

'나는 이 정도의 나쁜 짓을 했으니, 이 정돈 성공해야 돼.'

그런 기묘한 보상 의식이 그의 영혼 근저를 틀어쥐고 있었다.

그러나 그것도 끝.

여기까지.

김현직으로부터 연락이 없었다. 그의 전화를 받지 않는다. 실패했다, 틀림없이. 그러나 주승호는 그 실패를 믿고 싶어 하지 않았다.

이 실패는 그의 파멸로 이어지므로.

뚜르르르.

전화가 왔다. 그의 투실투실한 몸이 움찔 떨렸다.

전화를 받고 싶지는 않았다. 하지만 받아야 했다.

'이게 김현직에게서 온 전화면 얼마나 좋을까. 성공을 알리는 전화라면……'

그러나 전화기에 찍힌 발신인 이름은 너무나도 명확했다.

진가충 사장님.

'그분'이다.

"으으으… 으으……."

눈물이 흘러나왔다

'내가 왜, 내가 왜 이런 꼴이 되어야 하지?'

억울했다. 그러나 그의 하소연을 들어줄 사람은 없었다. 전화를 받아야 했다.

"여보세요."

―약속 시간이 2시간이나 지났군.

전화 너머의 그 목소리는 의외로 담담했다. 분노에 차 있을 줄 알았는데. 그의 눈앞에 희망의 빛이 반짝이는 것 같았다.

열심히 사죄를 하면 받아줄지도 모른다.

그가 지금까지 얼마나 많은 만족을 드렸는가. 그 실적을, 그의 충성심을 사서라도 한 번 정도는 용서해 주실지도 모른다.

"죄, 죄송, 죄송합니다, 죄송합니다, 부사장님……."

―됐네.

"예?"

꿈만 같았다. 이제 파멸만이 기다리고 있을 것 같았는데, 이렇게 용서해 주신다니. 그런 꿈만 같은 이야기가 어디 있겠는가?

―자넨 끝났어.

하나 꿈이었다. 헛된 희망이었다. 충격을 받은 주승호는 전화기를 떨어뜨렸다.

쾅.

전화기를 떨어뜨린 소리는 아니었다. 잠겨 있던 사무실의
문이 파괴되는 소리였다.

그 문을 넘어, 두 명의 남자가 들이닥쳤다. 침입자는 고작
둘. 남자라면 저항을 한 번 시도해 볼 법도 했다. 하지만 주승
호는 저항할 의지를 잃은 채 그 자리에서 축 늘어졌다.

"주승호 사장님이시죠? 저희 주인님께서 부르십니다."

둘 중 하나, 시종일관 생글생글 웃고 있는 쪽이 주승호에게
말했다. 다른 쪽은 차가운 눈으로 주승호를 내려다보고 있었
다. 주승호는 굳은 표정으로 그들을 바라보며 두려움에 찬 목
소리로 내뱉었다.

"허, 어벤저……!"

"어라, 제가 어벤저인 건 어떻게 아셨죠? 아, 하긴 뭐, 그거
야 크게 중요하지 않죠."

어벤저라 불린 웃는 쪽의 어벤저는 손을 한 번 내젓고 자신
의 파트너에게 말했다.

"옮겨."

"시, 싫어! 살려줘! 살려줘! 살려줘! 살려……!"

주승호의 외침은 길게 이어지지 않았다. 웃는 얼굴의 어벤
저가 주승호의 이마에 손을 대자마자 건전지가 다 떨어진 장

난감처럼 축 늘어져 버리고 말았기 때문이었다.

"…이 남자는 이제부터 어떻게 되는 거죠?"

"글쎄, 그건 주인님이 알아서 하시겠지."

웃지 않는 어벤저의 질문에, 웃는 얼굴의 어벤저는 그렇게 대꾸했다. 말은 그렇게 했지만 그는 주승호의 미래를 이미 예견하고 있었다.

주승호는 그의 인생에서 느껴보지 못한 궁지에 몰릴 것이다. 상상을 초월하는 공포와 고통 속에서 그는 속삭임을 듣게 될 것이다. 그리고 그는 선택하게 될 것이다.

궁극의 선택을.

"하하, 어보미네이션 공장이라니. 도시 괴담으로나 나올 소리지."

"네? 방금 뭐라고……."

"아냐, 아무것도."

웃는 얼굴의 어벤저는 웃지 않는 어벤저에게 손을 내저었다.

"빨리 데려가기나 하자고."

*   *   *

최재철은 물론이고 김인수도 지구에서는 부자였던 적은 없다.

그러다 보니 직접 디자인부터 재단, 재봉까지 하는 양복점
의 확보와 괜찮은 레스토랑의 예약에는 애를 좀 먹었다. 그렇
다고 최고급을 지향할 필요까지는 또 없었지만, 고기도 먹어
본 사람이 안다고 어느 정도가 딱 적당한지를 가늠하는 것도
힘들었다.

'뭐, 내가 바로 그 소위 말하는 벼락부자니까.'

어쨌든 비슷한 벼락부자가 많은 어벤저 네트워크에서 적당
히 정보를 얻을 수 있었다. 어벤저 네트워크에 어보미네이션
과 차원 균열뿐만이 아니라 생활 정보를 다루는 게시판도 있
다는 걸 최재철은 뒤늦게 알았다.

레스토랑의 예약부터 마친 최재철은 바로 양복점으로 향했
고, 이지희의 옷을 사주면서 자신의 정장도 새로 맞췄다. 물
론 그냥 갈아입기 위해서는 아니었다.

지금 입고 있는 정장은 몸을 움직이기에는 그다지 적합하
지 않았다. 게다가 싸구려라 합성섬유가 많이 사용된 지금의
정장은 차원 균열 안에 입고 들어가면 다 뜯어지고 해져서 못
쓰게 될 터였다.

디자인과 원단까지 다 지정해서 자신의 몸에 딱 맞춘 정장
을 주문하는 데는 시간도 오래 걸렸고, 돈도 많이 들었다.

굳이 비싼 정장을 계속 고집할 이유는 없었지만, 그렇다고
굳이 정장을 입지 않을 이유도 없었다. 어차피 천연섬유로 맞

춤복을 입으려면 선택지도 제한된다. 그런 면에서 보자면 정장은 좋은 선택이었다.

그냥 대충 몸에 맞는 기성품 하나를 당장 사다 입고, 기존에 입던 더러워진 정장은 세탁 맡겨 택배로 발송하고, 맞춤 정장을 세 벌 주문하자 천만 원이 훅 날아갔다. 최고급품도 아니고 매장 측에서 추천하는 캐시미어나 비쿠냐는 다 무시하고 적당히 튼튼한 모직을 골랐는데도 이렇다.

"손님께서 풀 캔버스를 고르셔서 가격대가 이렇게 된 겁니다."

최재철에게 재단사가 식은땀을 흘려가며 변명하듯 말했다.

이게 사기나 바가지 같은 건 아니었다. 어벤저 네트워크에 올라올 정도의 가게다. 어벤저 스킬이라는 특이한 능력을 지닌 어벤저들을 상대로 쓸데없이 거짓말이나 사기 같은 걸 쳤다가 무슨 일이 생기는지 잘 이해하고 있는 가게이기도 했다.

다만 벼락부자의 소위 '쫀심'을 자극시키고 허영심을 만족시켜서 돈을 버는 방식을 쓰기는 한다. 어느 정도 랭크가 되는 어벤저는 전형적인 벼락부자라, 장인들도 적당히 비싼 원단을 추천하고 돈을 우려내는 데 익숙했다.

하지만 최재철은 지구에서는 벼락부자에 속하지만, 이계에서 이미 국가 예산 단위의 돈을 만져본 인간이다. '이 정도는 입어주셔야……'라는 말이 통할 리도 없었고, 고급이라는 이유로 무의미한 기능을 덧붙이지도 않았다.

다만 반드시 필요한 기능을 덧붙이는 데는 역시 돈이 많이 들었다. 그것이 재단사가 말한 풀 캔버스였다. 최재철은 풀 캔버스라는 게 뭔지는 정확히 몰랐지만, 그게 자신에게 필요하다는 건 충분히 이해하고 있었기에 골랐다.

게다가 기계를 쓰지 않고 재단사가 직접 바느질을 해야 한다는 조건까지 붙으니, 가격대가 이렇게 되어버린 것이다.

'뭐, 어쩔 수 없지.'

어차피 쓰기로 마음먹은 돈이다. 하긴 어제 벌어들인 돈도 있고, 억대의 연봉도 확보했는데 이런 돈까지 아낄 필요는 없었다. 필요한 투자다. 그렇게 생각하면 속이 쓰릴 일도 없었다.

* * *

"늦어져서 미안하군. 배 안 고파?"

"배는 고파요. 하지만 괜찮아요. 이제부터 먹으러 갈 거죠?"

"그래야지."

최재철은 피식거리며 대답했다.

택시는 서울의 거리를 미끄러지듯 달렸다. 확실히 10년 전에 비해 자동차의 숫자가 줄어들었다. 석유의 가격은 어보미네이션 자원의 출현으로 많이 떨어졌어야 정상일 테고, 그런 만큼 차를 굴리는 부담이 많이 줄었을 텐데도.

팍팍한 세상이다. 휘발유 가격과 상관없이 차를 못 굴리는 인구가 더 는 탓이겠지.

'뭐, 내가 상관할 일은 아니지.'

최재철은 쓸데없는 생각을 접었다. 곧 목적지였다.

예약한 프렌치 레스토랑에 들어서자, 이지희는 갑자기 긴장한 기색을 띠기 시작했다.

"이런 곳에 올 줄은 몰랐는데."

이지희의 혼잣말에 최재철은 다시금 피식거리게 되었다.

"그럼 어떤 곳을 올 줄 알았는데?"

"그냥, 프렌차이즈요."

"그래도 상인데 아무 데나 데려올 수는 없지. 뭐, 이런 곳은 나도 처음이지만."

"그, 래요?"

이지희의 뺨이 발그레 물들었다. 아니, 단순히 조명 때문일지도 몰랐다.

프렌치 레스토랑은 초보자가 갈 만한 곳은 아니었다. 뭘 그렇게 설명을 많이 하고, 외래어와 외국어를 줄줄이 늘어놓는지. 웨이터는 분명 각듯하게 예의를 갖춰 손님을 대하고 있었지만, 그가 하는 말을 알아들을 수가 없었다.

친절한데 불친절하다. 이렇게 정리할 수 있었다.

"돈 내고 밥 먹으러 온 곳인데 이쪽이 긴장을 해야 되는 건 왜일까요? 아니, 물론 제가 돈을 내는 건 아니지만."

"그리고 나는 돈을 내지. 하하하."

최재철은 마른 웃음을 흘렸다.

어쨌든 악전고투를 하며 간신히 주문을 마치고, 두 사람은 식전 와인이 든 잔을 들어 올렸다.

"건배를 외칠 분위기는 아니지?"

"그럼 짠, 할까요?"

"그게 그거 아니야?"

최재철와 이지희는 잔을 기울였다.

그러는 사이 전채 요리가 트레이에 옮겨져 왔다. 그리고 웨이터께서 말씀하시길.

"끝에 있는 식기부터 사용하시면 됩니다."

아무래도 요리마다 사용하는 식기의 순서도 정해져 있는 모양이었다. 최재철은 끙, 하는 소릴 내었고 그걸 들은 이지희가 웃음을 터뜨렸다. 어쨌든 식사는 이제 시작되었을 따름이었다.

*   *   *

"비싸지 않았어요? 제가 사드린 것보다 훨씬 비싼 걸 얻어 먹은 것 같은데."

"아니, 이건 상이라니까. 네가 먹어야 할 것을 먹은 것뿐이야."

식사를 마치고 나오면서, 두 사람은 그런 대화를 나누었다.

"저기, 스승님."

"어."

"혹시 여자 친구… 있어요?"

이상한 타이밍이었다. 적어도 지금처럼 휴대폰으로 콜택시를 부르려고 할 때 꺼낼 만한 이야기는 아니었다.

와인 잔을 나누거나, 달콤한 디저트를 먹거나, 식후의 차 한 잔을 마실 때 했어도 되는 말이었다. 그리고 두 사람은 방금 전까지 그러고 있었다.

그렇기에 이 타이밍은 더더욱 기습적이라고 해도 좋았다.

최재철은 간신히 반응했다.

"없어."

"아……."

명백하게 밝아지는 표정. 그렇기에 최재철은 계속해서 말해야 했다.

"그리고 내가 하려는 일을 다 마칠 때까지는. 앞으로도 없겠지."

"아……."

명백히 어두워지는 표정. 최재철은 다소 안쓰러움을 느꼈다.

이지희는 매력적인 여자다. 최재철은 그녀에게 매력을 느끼고 있었다.

하지만 그가 이지희에게 느끼고 있는 감정이 사랑이냐고 묻는다면 최재철은 곧장 고개를 저을 것이다. 최재철은 이미 철부지라 할 나이를 훌쩍 넘겼고, 자신의 마음을 분별할 줄은 알았다.

그가 지금 이지희에게 느끼고 있는 매력이란 건 그 능력, 그 아름다움, 그 성격에 대한 것이었다. 사랑이 아니었다. 적어도 아직은.

더군다나 연애라는 건 지금의 그에게는 지나치게 달콤했고, 그가 나아가야 할 길은 그런 달콤함과는 거리가 멀었다. 아무리 지나치게 금욕적일 필요가 없다고는 해도, 정도라는 건 있는 법이다.

"그 하시려는 일이……."

물론 그가 하려는 일이라는 건 진씨 일가에 대한 복수다. 하지만 그건 김인수의 몫이고, 최재철의 입으로 꺼내서는 안 되는 말이었다.

"제가 도울 수 있는 건가요?"

"그래, 맞아."

넓은 의미에서는 맞았다. 진가규라는 괴물에 대항하기 위해서는 혼자 힘으로는 안 된다. 단순히 금력과 권력을 손에 넣는 것만으로는 부족하다. 인맥이 필요했다. 그리고 그 인맥에는 어벤저들도 포함되어 있었고, 이지희는 그 어벤저에 속해 있었다.

"우리는 차원 균열 너머로 가야 해. 그리고 이건 위험한 임무야. 현오준 팀장님도 말씀하셨지만, 죽을 수도 있어. 그런데 무책임하게 연애를 할 수는 없잖아?"

이것도 거짓말은 아니었다. 아니, 그냥 사실이었다. 그저 전부 털어놓지 않은 것뿐이었다.

"그것도 그러네요."

이지희는 납득한 듯 고개를 끄덕였다.

"택시가 안 오는군. 역시 차를 한 대 살까?"

"요즘은 리스가 인기라고 하더라고요. 특히 어벤저들 사이에서는요."

"어벤저가 언제 죽을지 모르는데, 리스를 해줘?"

"뭐, 사망 보험금에서 빼면 되니까 그런 거 아닐까요?"

그런 쓸데없는 대화를 하는 사이에 택시가 왔다.

　　　　*　　　　*　　　　*

　이지희를 집까지 데려다주고, 최재철은 자신의 집으로 돌아왔다. 이틀만이었다.

　"얼마나 살았다고, 이제 여기가 내 집 같군."

　최재철, 즉 김인수는 쓴웃음을 픽 흘렸다.

　그런데 우편함에 편지가 한 통 꽂혀 있었다. 21세기도 20년도 더 지난 이런 시기에 편지라니. 김인수는 신기해하며 편지를 꺼내 들었다.

　보낸 사람은 최재철의 어머니였다.

　김인수는 숨이 턱 막히는 걸 느꼈다. 편지 봉투가 망가지지 않도록 조심히 봉투를 열었다. 안에는 손글씨로 빼곡한 편지가 들어 있었다.

　네가 전화를 받지 않아서 편지를 썼다는 말, 네가 하는 일에 반대하지 않고 응원한다는 말, 보내준 돈 덕분에 아버지가 수술을 할 수 있게 되었다는 말, 돈은 좀 남았지만 생활비가 없어서 염치없게 그냥 쓰겠다는 말이 쓰여 있었다.

　그리고 감사의 말.

　"하."

　웃으려 했지만 메마른 웃음조차 제대로 입에서 나오지 못했다.

상상하지도 못한 일이었다. 생각지도 못한 일이 일어난 거다. 이계에서는 세력 하나를 이끄는 명사이자 세계를 대표하는 영웅, 가장 지혜로운 대마법사인 그조차도 미처 예견하지 못한 일이다.

최재철의 명의는 이미 사들였으니 앞으로 그의 부모에게는 불효를 하겠다고 독종처럼 맹세했건만, 편지 한 통으로 그 맹세를 이리도 쉽게 무너뜨리다니.

그는 이계의 언어로 욕설을 몇 개 내뱉었다. 그리고 신경질적으로 그동안 끊어놓았던 전화기의 선을 다시 연결했다. 그렇다고 연락이 바로 온 것도 아니고, 그가 먼저 연락을 할 것도 아니었다.

염치없지만 남은 돈은 쓸 거라고 편지에다 쓴 여자다. 정말로 도움이 필요하면 연락을 할 터였다. 그런 연락이 온다면 도움을 줄 의향이, 김인수에게는 바로 방금 전에 생겼다.

"최재철, 네 어머니는 이렇게도 강하다."

질투심이 섞인 말을 내뱉은 그는 한숨을 푹 내쉬었다. 신경질적이고 불쾌한 느낌과 함께 묘한 고양감이 그의 신경을 부풀어 오르게 만들고 있었다.

편지를 다시 접어 봉투 안에 다소곳이 넣은 그는 싱크대의 서랍장에 편지 봉투를 밀어 넣었다.

오래간만에 최재철의 모습에서 김인수의 모습으로 돌아온

그는 일요일에 빨아둔 이불 위에 몸을 던졌다. 어제 잠을 제대로 못 잔 것도 있어서 꽤 피로가 쌓여 있었다.

그럼에도 불구하고 잠은 쉽게 올 것 같지가 않았다.

14장

B급과 C급의 차이

현오준 팀은 어제 예정했던 훈련을 소화하지 못했으므로, 오늘 할 훈련은 원래 어제 했어야 할 훈련이었다. 즉, 다른 팀과의 공조 훈련이다.

"이렇게 다시 만나 뵙게 되다니 영광입니다, 최재철 씨."

그리고 오늘 공조 훈련을 하게 될 팀은 유구언의 팀이었다. 팀장이라는 위치에 올랐음에도 불구하고 다소 비굴해 보일 정도로 예의 바른 유구언의 태도가 인상적이다.

유구언은 최재철과 이틀 전에 얼굴을 마주하고 자기소개를 했던 팀장이다. 우주환과 더불어 최재철을 꽤나 탐내던 팀장

중 하나이기도 했다. 물론 영입은 실패하고 최재철은 이렇게 현오준 팀에 배속되었지만 말이다.

"우주환 선배의 일은 유감이네요. 그 자리에 계셨다고 들었습니다."

"아, 네. 저도……."

"사실 전 유감이라고 생각하지 않지만요. 우하하! 자, 보세요! 여의주입니다!!"

구깃구깃했던 표정을 확 펴며, 유구언 팀장은 본래 우주환의 팀에 배속되어 있던 최재철의 입사 동기, 여의주를 소개했다.

"그 선배가 연공서열을 내세워서 유능한 인재를 몇이나 꿀떡꿀떡 삼켰는지 몰라요. 덕분에 저희 팀은 항상 인재 부족에 시달렸습니다만, 이번 일을 계기로 여의주를 손에 넣었죠!"

아무래도 우주환이 죽고 난 후 우주환 팀은 해체 수순을 밟은 모양이었고, 유구언은 그 틈을 타 여의주을 영입하는 데 성공한 모양이었다.

스무 명이나 되는 대형 팀의 해체가 이뤄졌음에도 불구하고 현오준 팀에는 신입이 들어오지 않은 게 좀 신경 쓰이기는 하지만, 그건 그가 지금 신경 쓸 일은 아니다.

"여의주 씨가 마음에 드시는 모양이로군요."

"이대로 일곱 개를 모으면 소원이 이루어질 것 같은 이름이잖아요? 당연하죠!"

뭔가 이상한 논리였지만, 아마 농담일 터였다.

여의주는 최재철을 보고 고개를 꾸벅꾸벅 숙였다.

"안녕하세요, 최재철 씨. 이렇게 사흘 연속 뵙게 되다니 영광입니다."

"영광이라니······. 아, 아무튼 살아남아서 다행입니다."

유구언 팀장의 태도를 따라가기라도 하는 건지, 하루 사이에 많이 비굴해진 모습의 여의주였다. 어쨌든 그도 여의주의 재능을 높이 평가했던 사람 중 하나로서, 그의 생존은 기뻐할 만했다. 그런 여의주의 어깨를 두드리며, 유구언은 힘을 주어 말했다.

"여의주 씨를 영입함으로써 저희 팀은 투명체 감지 능력도 손에 넣게 되었죠. 이 귀한 인재를 우주환 팀장처럼 아무렇게나 굴릴 일은 없을 겁니다."

"그럼 저, 디코이 안 해도 되는 건가요?"

여의주가 조심스럽게 손을 들어 올리며 그렇게 묻자, 유구언은 유감이라는 듯 목소리를 낮추며 고개를 저었다.

"아뇨. 오늘의 디코이는 당신입니다, 여의주 씨."

"엑? 하지만 방금······."

"이 차원 균열에서 변색 도마뱀이 나온다는 게 바로 어제 밝혀졌는데, 당신이 안 나서면 누가 나섭니까? 다시 말하지만 저희 팀에 투명체 감지 능력을 지닌 건 당신뿐이에요."

그랬다. 그들이 지금 있는 곳은 바로 어제 우주환이 죽어나간 북한산 차원 균열이었다. 사람이 죽었는데 바로 다음 날 그 자리에서 업무를 재개한다는 건 다른 업계에서 보기에 이상한 일이겠지만, 적어도 어벤저 업계에서는 그리 이상한 일은 아니다.

"으……."

어제의 나쁜 기억 탓인지, 여의주는 진저리를 쳤다. 그런 여의주의 어깨를 따뜻하게 안으며, 유구언이 빠른 목소리로 말했다.

"뭐, 너무 긴장하지 마십시오. 당신의 능력은 어디까지나 C급이라는 것도 잘 알고 있습니다. 서포터를 붙여드리죠. 당신 뒤에서 대기하고 있다가 만약 위험한 일이 생기면 바로 당신을 구할 겁니다. 현오준 팀장이랑 같이 면접 봐서 알고 있죠?"

면접시험 때, 그는 꽤 우수한 성적을 보이기는 했지만 다소 무리한 행동으로 목숨이 위험해질 뻔도 했다. 현오준의 적절한 조치가 없었더라면 그는 목숨을 잃었을 것이다.

유구언이 지금 현오준의 이름을 꺼낸 건 여의주로 하여금 그 서포터가 현오준처럼 자신의 목숨을 구해줄 것이라고 믿게 만들기 위해서였다.

"아, 예."

여의주는 고개를 끄덕였다. 유구언의 설득이 효과적인 모양이었는지, 질색하던 표정도 다소 풀려 있었다. 유구언은 웃으면서 여의주의 등을 세게 두들겼다.

"알았다면 좋습니다. 자아, 임무에 임하십시오. 당신의 가치를 증명해 주세요!"

"아, 알겠습니다!"

여의주가 기합이 들어간 목소리로 대답했다. 어쨌든 유구언이 우주환보다는 자신을 잘 굴려줄 거란 건 알아들은 모양이었다.

＊　　　　＊　　　　＊

여의주는 어제보다 확실히 당당한 걸음걸이로 차원 균열을 향해 걸어갔다.

그가 어느 정도 차원 균열에 접근하자, 그의 발소리를 들은 최하급 어보미네이션, 리자드독이 킁킁거리며 기어 나오는 것이 보였다. 최재철의 입장에서는 이제는 목가적으로 보일 정도로 익숙해진 광경이었지만, 여의주는 긴장한 표정으로 뒤를 돌아 달리기 시작했다.

과연, 어제보다는 확실히 적절한 대응이다. 뒤를 돌아 도망칠 때 과도하게 힘을 주는 바람에 돌 깨지는 소리가 난 것만 제외하면 말이다.

리자드독은 여의주가 부주의하게 낸 소음에 즉각 반응했다. 바로 여의주를 노리고 달려들었다! 그리고 여의주와 리자드독 사이에, 다른 사람도 아닌 유구언이 직접 끼어들었다.

"잘했습니다. 처음치고는 대단히 훌륭하군요!"

"아니, 저, 오늘 세 번째……"

유구언은 직접 그 자리에서 순식간에 리자드독을 세 번 죽였다. 여의주의 반박이 채 다 끝나기도 전에 이루어진 일이었다.

"아, 죄송합니다. 여의주 씨, 방금 뭐라고 하셨죠?"

"아무것도 아닙니다."

여의주는 손을 내저었다.

"그래요? 뭐, 아무튼 좋습니다. 이대로만 해주시면 됩니다."

"네!"

여의주는 군기가 바짝 든 자세로 대답했다.

'과연, 이번에는 좋은 팀장과 만난 것 같군.'

최재철은 속으로 생각했다.

유구언이 방금 보여준 능력은 어떻게 보면 최재철과 유사한 능력이었다. 다만 최재철이 절단 능력이라면, 유구언은 파괴 능력이라는 차이가 있다. 최재철이 손끝에서 보이지 않는 차원력 커터를 뽑아서 쓴다면, 유구언은 차원력 해머를 뽑아서 쓰는 거라고 할 수 있었다.

우주환이 쓰던 단순무식한 신체 강화 능력과는 달리, 상대적으로 신체에 부담이 덜 가고 차원력을 적게 쓰면서 괜찮은 효과를 보이는 효율 위주의 능력이다. 그만큼 체력 소모도 적고 오랫동안 싸울 수 있으리라.

그리고 유구언 또한 A급 어벤저. 선배라던 우주환보다도 효과적으로 뚝딱뚝딱 어보미네이션을 처치하는 그 모습은 더없이 듬직했다.

'이미 완성형인 인재로군. 내가 손댈 곳도 더 없겠어.'

최재철의 입장에서 보기에 아쉬운 점이라곤 그 정도였다.

유구언 팀은 순조롭게 차원 균열까지의 경로를 확보했다. 큰 소음을 내지 않는 이상, 차원 균열로의 진입은 큰 문제가 없으리라.

그리고 실제로 현오준 팀이 차원 균열에 접촉함으로써 오늘의 훈련은 성공적으로 종료되었다.

*   *   *

"오늘은 회식이라도 하고 싶은 기분이로군요."

현오준이 기분 좋은 듯 말했다.

"오, 좋은 아이디어로군요! 회식!! 좋죠!!"

유구언이 한 마디 거들었다.

두 팀의 팀장들은 오늘 훈련으로 인해 모두 흡족한 결과를 얻었다.

현오준의 입장에서는 당연히 합동작전을 유연하게 받아줄 새로운 팀을 찾았으니 흡족했고, 유구언의 입장에서는 S급 랭커인 오연화 덕에 작전의 리스크를 최소한도로 줄인 채로 어보미네이션을 적극적으로 사냥해 큰 이득을 얻었으니 흡족했다.

둘 중에 누가 더 이득이냐고 묻는다면 당연히 유구언 팀 쪽이었지만, 현오준의 입장에서도 다른 팀과의 공조는 반드시 필요하니만큼 본 작전에 들어가기에 앞서 큰 산 하나를 넘었다는 면에서 나쁠 게 없었다.

그러니 두 팀장 모두 기분이 좋아지는 것도 당연했다. 회식을 입에 올릴 정도로 말이다.

"아, 전 오늘 그냥 퇴근할게요. 회식에는 참여 안 할래요."

그러나 그 좋은 분위기에 찬물을 끼얹는 이가 있었으니 그 이름은 S급 랭커, 오연화였다.

"그리고 선생님, 그러니까 최재철 님도 오늘은 회식에 참여 안 할 거예요."

"어? 내가 왜?"

영문을 모른 채 고개를 갸웃거리는 최재철의 반응에, 오연화는 이지희에게 슬쩍 눈웃음을 던지며 이렇게 말했다.

"오늘은 제 차례니까요!"

그런 오연화의 말에 이지희는 얼굴이 새빨개지며 몸 둘 바를 몰라 했다. 어제 본인이 했던 말이 생각난 모양이었다.

그리고 보니 어제 그녀가 오늘은 내 차례니 뭐니, 확실히 그런 소릴 했었다는 것을 최재철은 뒤늦게 떠올렸다.

"아뇨, 연화 양, 그렇지 않아요."

의외의 인물이 끼어들며 그렇게 말했다.

"오늘은 제 차례니까요! 그죠, 형!!"

구문효였다.

"네? 그쪽이 뭔데 끼어들죠?"

오연화가 도끼눈을 뜨며 물었지만, 이번만큼은 구문효도 쉽게 물러나지는 않았다.

"같은 팀원입니다, 연화 양. 그리고 첫날은 연화 양이 우리형을, 둘째 날은 지희 양이 우리 형을 차지하셨으니 셋째 날은 당연히 제 차례죠!"

구문효의 논리에 빈틈은 없었다. 최재철의 입장에서는 누가 우리 형이냐고 반론하고 싶어지는 것만 제외하면.

오연화는 구문효의 말에 반론하지 못하고 이를 득득 갈다가, '흥!' 하고 고개를 팩 돌려 버렸다.

"무슨 속셈이지? 나랑 데이트라도 할 건가?"

"으익, 제가 그럴 리가요."

최재철의 물음에 구문효는 진저리를 치며 고개를 저었다.

"같이 회식이나 하러 가죠."

"적절한 선택이로군."

최재철이 고개를 끄덕이자, 이지희도 고개를 끄덕였다.

"그럼 저도."

"그럼 저도."

이지희는 자신과 똑같은 소리를 낸 사람을 쳐다보았다. 물론 오연화였다. 그녀는 이지희의 시선을 모른 척하고 엉뚱한 곳에 시선을 던지고 있었다.

"저희 회식에 이렇게 많은 사람이 참가하게 된 건 처음 있는 일이로군요. 보통 구문효 씨와 저 둘이서 마시게 됐었는데."

현오준이 감격스러운 어투로 말했다. 구문효가 웃는 것도 우는 것도 아닌 애매한 표정으로 그를 보며 대꾸했다.

"야근 수당 받아가면서 말이죠."

"그거야 저도 받는 거니까요. 아, 물론 회식 참가자에게는 전부 나올 겁니다. 팀워크 향상도 업무의 연장이니까요. 물론 회식비도 법인 카드로 결제될 테니 신경 안 쓰셔도 됩니다."

이미 한 번 설명을 받은 바 있지만 다시 들어도 대단하다. 최재철은 그렇게 생각했다. 이런 회식은 몇 번을 해도 좋다.

일주일에 한 번 정도라면. 그렇게 덧붙이긴 했지만.

참고로 그가 10년 전에 다니던 회사는 회식비는 월급에서 까였고 야근 수당은 당연히 주지 않은 데다 강제 참가였다. 말도 안 되지만 지구상에는 그런 곳도 있었다.

"그럼 회식하기로 결정 난 겁니까? 현오준 팀장님."

한 걸음 떨어져서 이야기가 돌아가는 걸 지켜보고 있던 유구언이 결론이 났다 싶었는지 끼어들었다.

"예, 유구언 팀장님. 같이 가실 거죠?"

"저야, 물론. 저희 팀원들에게도 물어보겠습니다."

그렇게 양 팀의 조인트 회식이 결정되었다.

*　　　　*　　　　*

회식이라고는 해도 술집을 가지는 않는다.

그야 당연하다. 이 자리에는 미성년이 포함되어 있으니까.

그것도 그 미성년이 S급 랭커, 팀의 중추라면 더욱 그렇다. 그녀의 입장을 무시할 수 있을 리가 없었다. 애초에 회식의 메뉴를 정한 것도 그녀였다.

"일식 먹으러 가요."

오연화가 말했다.

"그러죠."

현오준이 대답했다.

그걸로 회식 장소마저 결정 나고 말았다.

게다가 그 회식 장소라는 게 현오준이 사비를 털어 최재철을 대접했던 바로 그 일식집이었다.

"여기, 돈까스 같은 거 나올까요?"

이지희가 일식집의 간판을 올려다보며 그런 속삭임을 던졌다. 그 소리에 최재철은 웃음을 터뜨리고 말았다. 그도 여기 처음 왔을 때 했던 생각이었기 때문이었다.

"팀장님 오늘 세게 쏘시네요."

유구언이 현오준에게 말하는 것이 들렸다.

"왜 제가 쏘는 것처럼 말씀하시죠?"

현오준이 정색하며 되물었다. 그러자 유구언이 정말 의외라는 듯 놀랐다.

"설마 반씩 나눠 내야 됩니까?"

"인원수가 차이 나는데 왜 반씩입니까?"

"……?"

"……?"

서로의 얼굴을 바라보며 물음표를 띠우는 두 팀장의 모습은 오늘 회식의 의의를 무색하게 만들기에 충분했다.

"아, 됐어요. 제가 낼 테니까 들어들 가요. 제가 오자고 했으니까."

"아니, 그럴 수는······."

"그럴 수 없죠. 네, 그럴 수 없고말고요."

오연화가 끼어들자마자 두 팀장이 동시에 손을 내저으며 눈빛을 교환하기 시작했다. 몇 초 후, 둘이 동시에 헛기침을 하는 걸 보니 물밑 교섭은 잘 끝난 모양이었다.

"들어들 가시죠."

현오준이 일식집의 문을 열면서 팀원들을 먼저 들여보내려고 했다. 그러자 유구언이 커흠, 커흠, 하고 헛기침을 하더니 먼저 쏙 들어가 버렸다.

"사이 좋아 보이네요."

"일단은 입사 동기라서······. 하하하, 하하하하!"

최재철의 감상에 현오준은 어색하게 웃었다.

*　　　*　　　*

현오준 팀이 테이블 하나를 차지했다. 최재철 왼쪽에는 구문효가, 오른쪽에는 현오준이 앉았다. 그리고 맞은편에는 여성 둘이 앉았다.

아니, 어째서.

최재철은 반사적으로 생각했다. 그도 남자다. 양옆에 시커먼 남자가 앉는 것보다는 화사한 여성이 앉는 쪽이 조금은 더 기분이 좋다.

"어째서 이렇게 된 거죠?"

오연화가 의문을 직접적으로 입으로 표현했다.

"그야 오늘은 제 차례니까."

구문효가 대답했다.

"팀장 권한입니다."

현오준이 대답했다.

할 말이 없어진 오연화는 구문효를 노려보다가 홍! 하고 시선을 팩 돌렸다.

"자, 최재철 씨, 한 잔 받으시죠."

현오준이 최재철의 잔을 채웠다. 그 잔이란 물이었다.

"술이 필요하시면 시키셔도 좋습니다. 물론 이 자리에 오연화 씨가 계셔서 조금 저어되는 것은 사실입니다만……. 이 집에 좋은 사케가 있어서요."

현오준은 오연화의 눈치를 슬쩍슬쩍 보아가며 그런 말을 건넸다. 팀장의 그런 말이 최재철에게는 이렇게 들렸다. 오연화는 당신 말이라면 들을 테니 제발 시켜줘! 라고.

"아뇨, 역시 미성년자 앞에서 술을 마시는 건 좀……."

최재철은 그런 현오준의 기대를 멋지게 배신했다.

"아뇨, 선생님이 드시고 싶으시다면 전 괜찮아요."

그리고 오연화는 최재철의 기대를 배신했다.

"아, 괜찮습니까? 그렇다면……."

현오준은 반색하며 술을 시켰다.

'술 먹기 싫은데.'

과거 그가 비정규직으로 몸담고 있었던 회사에서 술을 어찌나 먹여대던지. 거기에 술값까지 내게 만드니 그렇게 싫을 수가 없었다. 그때의 트라우마 때문에 난 회식에서 술을 강권하지 않는 상사가 되어야지, 하고 마음먹은 바 있었다.

"최재철 씨, 이 술은 정말로 좋은 겁니다. 정말 좋은 술이라 구문효 씨한테는 안 줄 겁니다."

최재철의 술잔에 현오준이 따른 맑은 술이 찰랑찰랑 차올랐다.

"아, 왜요! 저도 좀 줘요!!"

"사실 저 사람 술버릇이 별로 안 좋아서요. 둘이서 회식할 때도 술은 안 마셨습니다. 저 사람한텐 콜라 주고 저만 마셨죠."

"……."

구문효가 입을 다물자, 현오준이 잔을 들어 올렸다.

"건배."

최재철은 마지못해 현오준의 건배를 받았다. 그리고 술을 마셨다.

"……!"

술을 마신 후, 최재철은 뒤늦게 떠올렸다.

그러고 보니 확실히 주는 술을 마시지 않겠다는 맹세 같은 건 한 적이 없었다.

"오, 이런 좋은 술을……. 현오준 팀장님, 너무하지 않습니까? 좋은 술은 나눠 마셔야죠."

옆 테이블에서 유구언 팀장이 건너와서 말했다. 그런 유구언에 대한 현오준의 태도는 의외로 차가웠다.

"싫습니다. 반반씩 나누는 대신 이쪽이 더 비싼 걸 먹겠다고 이야기가 되지 않았습니까?"

아니, 그 짧은 눈빛 교환에 그런 복잡한 협의가 오갔을 줄이야.

최재철은 너무 의외라서 이들이 다른 사람들 몰래 텔레파시라도 교환한 게 아닐까 의심했다.

물론 최재철의 본래 능력에는 크게 못 미치는 이 두 사람이다. 최재철의 눈을 속이고 텔레파시 같은 걸 활용할 리는 없었다. 그것도 고작 이런 사소하기 짝이 없는 협의를 위해서라니, 가능성은 그냥 제로였다.

그냥 그만큼 이 두 사람이 악연으로 맺어진 것에 불과하리라. 그 증거로 유구언은 현오준의 손에서 술병을 빼앗아서 자신의 잔을 채우고 말았다.

"자아, 건배. 건배하시죠, 현오준 팀장님."

"하… 이 어이없는 유구언 팀장님."

악연으로 맺어졌다고 하기엔 옆에서 듣기에 말투가 이상하다고 생각될 정도로 서로 기괴하게 일그러진 존댓말을 쓰고 있긴 했지만 말이다.

"자, 최재철 씨도. 잔이 찬 사람들은 모두 건배합시다!"

"저희 세 명뿐입니다, 유구언 팀장님."

"그럼 셋이서, 건배!"

약간 비굴하게 보일 정도였던 첫 인상과는 달리, 유구언은 현오준의 태클도 아랑곳 않고 잔을 들어 올리는 뻔뻔함이 있었다.

그 뻔뻔함에 마지못해 현오준도 잔을 들었고, 그래서 최재철도 잔을 마주쳤다.

"건배!"

셋은 동시에 술잔을 비웠다.

"자, 됐죠? 유구언 팀장님. 이제 자기 팀 관리하러 가시죠."

"싫습니다. 이 병은 다 비워야 되지 않겠습니까?"

"이 뻔뻔한……!"

현오준은 이를 득득 갈면서도 유구언의 술잔을 채워주고 있었다.

그런 유구언의 등 뒤로 최재철의 눈에는 세 남자가 소리 없이 일어나는 것이 보였다. 한 명은 여의주, 다른 두 명은 우주환 팀 소속이었다가 이번에 유구언 팀에 새로 배속된 인원이었다.

그런데 분위기가 좀 이상했다.

아무래도 여의주가 억지로 끌려 나가는 듯한, 그런 느낌이 있었다. 물론 여의주가 자기 발로 움직이고는 있었지만, 분위기가 별로 안 좋다 보니 자연스레 시선이 갔다.

우주환 팀에서 여의주가 막내였으니, 다른 두 명은 그의 선배에 해당한다.

'쓸데없는 오지랖일지도 모르겠지만.'

최재철은 현오준에게 말했다.

"죄송합니다, 팀장님. 저 잠시 화장실 좀 다녀오겠습니다."

"아, 그래요? 그럼 술병은 잠시 잠가두겠습니다."

현오준은 정말로 술병의 뚜껑을 닫으며 말했다.

"아니, 그러실 필요까지는……."

"그래요, 그러실 필요는 없습니다."

"아, 왜……."

또다시 다투기 시작한 두 팀장을 뒤에 남겨두고, 최재철은 여의주 일행을 뒤쫓았다.

*　　　　*　　　　*

공교롭게도 여의주 일행이 향한 곳도 화장실이었다. 최재철은 바람의 방벽을 다루어 모습을 숨기고 화장실로 향했다.

"야, 니가 왜 공헌도 1위냐?"

남자 화장실에서 들려온 말이었다.

"아니, 저, 선배, 공헌도 계산은 제가 하는 게 아니라……."

"어디서 말대꾸야!"

소리가 크지 않지만 충분히 위협적인 으르렁거림. 저들은 짐승이다. 오늘 집어먹은 고기 부위가 맘에 안 들었던 짐승이, 지가 늦게 온 건 생각도 안 하고 자기보다 약한 개체가 먼저 고깃덩이를 물어뜯었다는 이유로 화풀이를 하려 하고 있었다.

"야, 너 팀장한테 가서 공헌도 체크 다시 해달라고 해."

조용히 있던 다른 놈이 문득 그런 개소릴 지껄였다. 옆 놈이 냉큼 고개를 끄덕였다.

"넌 막내니까 조금만 받고, 네 몫을 선배들한테 양보하겠다고 말해. 얼마나 좋냐. 자기 몫을 선배한테 양보하는 후배의 모습. 아름다운 미풍양속 아니냐?"

"그래, 그래. 애초에 유구언 팀장이 이상하다니까. 연공서열을 무시하다니. 아무리 외국계 회사라지만 여긴 한국이잖아. 개념이 없어도 좀 없어야지."

'지금 네놈들이 하는 언행이 연공서열을 무시하고 있는 언

행 같은데.'

팀장한테 대고 개념이 없느니, 이상하다느니 하면서 입에 올린 단어가 연공서열이라니 지나가던 개가 웃을 일이었다. 아니, 저들이 개인가. 그런데 저들은 별로 웃을 마음이 아닌 듯했다.

"알아들었으면 가. 팀장한테 가. 가서 말해. 알았지? 알아들었어, 몰랐어?!"

짐승들이 화장실 안의 공간을 살기로 가득 메웠다. 그들의 위협에 울상이 된 여의주가 결국 고개를 끄덕였다.

"아, 알겠습……."

"아뇨, 아닙니다."

여의주의 대답은 다른 누군가에 의해 끊겼다.

"이거야, 원. 그래도 옥석을 가려서 데려올 참이었는데 제가 사람을 잘못 봐도 한참 잘못 봤군요. 저도 아직 멀었어요. 더 단련해야지, 원."

그 누군가란 유구언이었다. 짐승들이 이성을 되찾기라도 한 듯 얼굴이 새하얗게 질렸다. 아니, 그냥 겁먹은 짐승이 된 건가.

"당신들에게 더해줄 공헌도 따윈 1원도 없습니다. 그리고 앞으로도 없을 겁니다. 앞으로 당신들은 작전에 참여시키지 않을 테니까요."

"티, 팀장님!"

유구언은 이빨을 드러냈다.

"착각하지 마십시오. 저는 정의의 사도도 뭣도 아닙니다. 그저 당신들이 제게 폭언을 한 것에 대해 화가 났을 뿐입니다. 팀장이 부릴 수 있는 꼬장이 어떤 건지 당신들에게 톡톡히 맛보여드리도록 하죠."

"죄송합니다, 팀장님. 죄송합니다!"

"아, 오늘은 그냥 집에 돌아가십시오. 당신들에게 줄 야근수당도, 맛 보여줄 요리도 없습니다."

무릎을 꿇으려 드는 구 우주환 팀의 팀원들을 본 체 만 체하고 유구언은 돌아섰다.

"아, 여의주 씨는 얼른 오세요. 현오준 팀장님이 주문한 술이 아주 맛있더라고요. 다 떨어지기 전에 와서 맛보세요."

그런 말을 남기고, 유구언은 화장실에서 나가 버렸다. 화장실에 남겨진 여의주는 어쩔 줄 몰라 하다가, 선배들을 남기고 화장실에서 빠져나왔다.

'흠, 내가 끼어들 것도 없었군.'

최재철은 뒷머리를 긁다가, 바람의 방벽을 치웠다. 구 우주환 팀의 팀원들 눈에는 그가 허공에서 갑자기 나타난 것처럼 보일 터였다.

"뭐, 뭐야?! 넌?"

"얘, 걔야. 그 최재철이라는……."

"예, 선배들. 제가 그 최재철입니다. 안녕하세요?"

최재철은 싱긋 웃었다. 그에 반해 선배들의 표정은 사정없이 일그러졌다.

"너 이 새끼… 우리한테 시비 거는 거냐?"

"그럴 리가……. 전 그냥 소변이나 보러 왔다가 유쾌하지 못한 광경을 보게 된 것에 불과합니다. 반사적으로 모습을 숨기긴 했지만, 조악한 술수라 선배들의 눈에는 보였겠죠?"

두 선배의 얼굴이 붉어졌다. 애초에 여의주가 그들보다 높은 공헌도를 인정받은 원동력이 투명체 간파 능력에 있다는 것도 모르지는 않을 터였다.

"이 C급 새끼가!!"

그리고 그들은 수치심을 분노로 치환하는 속성의 종자였는지, 바로 노호성을 토해내면서 최재철을 향해 덤벼들었다. 최재철이 바라 마지않던 상황이었다. 그는 만족스러운 미소를 띠었다.

"절 C급 새끼라고 부르시는 걸 보니 선배들은 B급인가 보죠?"

대단히 수월하게 그들의 공격을 피해내며, 최재철은 이죽거렸다.

"그런데 왜 B급 둘이서 C급 하나도 제압 못 하는 걸까요?"

"새끼가!!"

최재철은 분에 차 휘두른 선배의 주먹을 툭 쳐서 흘려냈다.

"헉?!"

별다른 타격을 입지 않았는데도, 선배는 균형을 잃고 그 자리에 무릎을 꿇어버렸다. 최재철은 경멸의 시선으로 그를 내려다보았다.

"답은 이겁니다. 니들은 너무 오래 실전을 쉬어서 이빨이 무뎌졌거든요. 후배들이 갖다 주는 공헌도만 처먹어서 하는 거 없이 살만 뒤룩뒤룩 찌니까 실력이 늘려야 늘 수가 없지."

"⋯⋯!"

"자, 어때요? 분하지 않습니까? 분하시면 제 얼굴에 한 방이라도 넣어보시죠?"

아무리 공격해 봐야 소용없다는 걸 깨달은 것인지, 두 선배는 시선을 떨어뜨렸다.

아니, 깨달은 것은 그것만이 아닐 터였다. 이빨이 무뎌지고 비계가 붙었다 한들 짐승은 짐승, 눈앞의 남자가 자신들 둘을 아득히 초월하는 강자임을 뒤늦게나마 깨달았기 때문이었다.

"후."

최재철은 비웃음을 흘렸다.

"당신들도 어벤저 필수 교육으로 배웠겠지만, 라이센스 랭크는 가능성을 제시해 주는 것에 불과해. 가능성은 갈고 닦지 않으면 실제 능력이 되지 않아. 그리고 그 나쁜 예가 바로 당신들이야. B급이라는 재능을 가지고도 그 자리에 머물러 버리니 그렇게 되는 거야."

"그러는 너는 C급이잖아!"

겁먹은 개가 짖듯, 선배가 짖었다.

"그래, 난 C급이고 당신들은 B급. 어벤저 라이센스 평가장을 나서는 시점에서는 그랬지. 그런데 지금 이 차이는 뭘까? 집에 가서 잘 생각해 보는 게 좋을 거야, B급 선배들."

최재철은 그런 말을 남기고 돌아서서 화장실을 나와 버렸다.

'아, 쓸데없는 오지랖을.'

그런 씁쓰레한 자각과 함께 말이다.

* * *

최재철이 자리로 돌아와 보니 이지희가 쓰러져 있었다.

"마시고 싶었나 봐요, 스승님이 맛있게 드시는 거니 자기도 먹어보겠다면서……."

오연화가 한심하다는 듯 말했다. 이지희는 아무래도 술을 마신 모양이었다.

"얼마나 마셔서 이렇게……."

"한 잔이요."

"한 잔?"

"네."

오연화가 고개를 끄덕였다. 딱 한 잔 마시고 이렇게 정신을 잃어버릴 정도로 취해 버리다니.

"어제 와인을 마실 때만 해도 괜찮았는데."

"와인이요?!"

아무 생각 없이 한 말에 오연화가 벌떡 일어났다.

"아, 어제 지희랑 프렌치 레스토랑에 갔었어."

"그 뒤에는요?!"

"그 뒤라니……. 아, 집에 데려다줬지."

"그 뒤에는요?!"

"난 집에 갔는데. 왜?"

그 말을 듣고서야 오연화는 자리에 앉으며 안도의 한숨을 내쉬었다. 옆에서 구문효가 그걸 보면서 피식피식 웃고 있는 게 보였다. 그야 이렇게까지 노골적인 태도다. 방관자가 보기엔 웃음이 나올 법도 했다.

"지희 씨가 먹은 건 이걸로 한 잔이에요, 형. 원샷해 버리던데. 술에 약하면 한 방에 가는 게 당연하죠."

구문효가 유리잔을 가리키며 말했다. 따로 술잔을 받아둔 게 없어서 물 잔에다 술을 따라 먹은 모양이었다. 하기야 약하지도 않은 일본주를 큰 잔으로 단번에 비우면 이런 상태가 되어버리는 것도 이상하지 않았다. 술에 익숙해져 있다면 또 모를까.

하긴 나이가 좀 있다고는 해도 아이돌 연습생으로 항상 노력하면서 생활했다면 술을 마실 기회가 없었을 수도 있었다. 최재철도 잘은 모르지만, 그렇게 짐작했다.

TV 프로그램에 나오는 연습생들은 가끔 숙소에서 도망 나와서 술을 마셨다는 이야기를 자랑스럽게 늘어놓는 경우도 있었지만, 반대로 말하면 그게 그네들에게 있어서는 일탈이었다는 의미이기도 할 테니까.

물론 데뷔하고 나서는 사회생활을 시작할 테니 술을 배우거나 하겠지만 이지희는 그 단계에 오르기 전에 좌절해 버렸다.

그렇게 시나리오를 쓴다면 이지희가 이렇게까지 술에 약한 것도 이해는 갔다. 물론 시나리오는 시나리오일 뿐이고 사실은 아닐 테지만.

어쨌든.

"그나마 주사가 잠드는 거라 다행이로군요."

현오준이 잠든 이지희를 바라보며 다행이라는 듯 미소 지었다.

"만약 구문효 씨 같은 주사였다면……."

"…여기서 또 왜 제 이야기가 나옵니까, 팀장님."

"그야 우리 팀에서 주사하면 구문효 씨니까요."

"……."

구문효는 얼굴을 붉히며 입을 다물었다. 대체 구문효의 술버릇이 뭐기에 현오준이 저렇게까지 집요하게 공세를 가하는 것일까? 최재철의 입장에서는 새삼 궁금해질 따름이었다.

"일단 자게 놔두죠. 회식이 끝날 때까지 깨어나지 않으면 최재철 씨, 부탁드립니다."

"아, 네."

최재철은 고개를 끄덕였다.

*　　　*　　　*

"저희 집으로 데려가죠."

오연화가 말했다. 물론 이지희에 대한 이야기다.

이지희는 회식이 끝날 때까지 푹 잠들어 있었고, 그렇기에 최재철이 그녀를 데려다주기 위해서는 직접 들어다 옮길 필요가 있었다. 물론 신체 강화 능력을 지닌 어벤저 최재철에게 그건 그렇게 큰 고생이 아니었다.

"아니, 왜?"

그래서 최재철은 너무나도 당연한 질문을 던졌다. 그러자 오연화의 뺨이 약간 붉어졌다.

"미성년자한테 그걸 묻는 거예요?"

"유리할 때만 그 단어를 꺼내지 마."

하지만 최재철은 더 캐묻지는 않았다. 그 되물음이 대답이나 다름없었으니까.

"물론 선생님을 의심하는 건 아니에요. 그래도 뭐랄까, 만약이라는 게 있잖아요?"

오연화는 최재철의 표정을 보고 제 발이라도 저렸는지 빠른 목소리로 그렇게 변명했다.

"저기, 연화야."

"네, 선생님."

오연화는 최재철의 부름에 잘 훈련된 개처럼 즉시 대답했다.

"나, 당분간 연애할 생각 없어."

그 말을 들은 오연화의 표정이 순간적으로 딱 굳었다. 물론 순간적일 뿐이었다.

"아, 하하하! 그 이야기를 왜 지금?! 제가 선생님 좋아한다고 말한 것도 아니잖아요?! 그쵸! 그렇잖아요, 이상하잖아요!"

"지금 이상한 건 너야, 연화야."

최재철은 느낀 대로 말했다.

"그래요?"

"응."

"S급 랭커는 좀 이상해도 돼요."

"응, 뭐, 그렇긴 하지."

최재철은 고개를 끄덕였다. 맞는 말이었기 때문이다.

그제야 좀 진정을 한 건지, 아니면 제 정신을 차린 건지 오연화는 입을 다물었다. 얼굴은 물론 귀까지 새빨갛게 물들어 있는 게 최재철의 눈에는 귀여워 보였다.

"그래, 알았어. 지희는 너희 집으로 옮기자."

그래서 최재철은 결국 그렇게 결론을 내려주었다. 오연화의 말대로 하기로 말이다. 그러자 오연화는 어째선지 들뜬 목소리로 외쳤다.

"지금 당장 택시를 부를게요! 사실 이미 불렀어요!! 밖에서 기다리고 있어요!!"

"그럼 얼른 가야겠군."

"네!!"

최재철은 이지희를 들고 오연화와 함께 일식집을 나섰다.

＊　　　＊　　　＊

"그럼 난 이만."

이지희를 오연화의 집 손님방 침대에 내려놓은 최재철은 그대로 밖으로 나가려고 했다. 하지만 문이 잠겨 있었다. 또.

"선생님."

오연화가 최재철을 불렀다. 은근히 애교가 섞인 목소리로.

"자고 가요."

만약 오연화가 20대 중반의 아름다운 여성이었고, 최재철에게 최소한도의 인내심도 없었더라면 지금 당장 오연화를 덮쳐도 할 말 없는 시추에이션이었다.

하지만 문제는 오연화는 20대 중반이 아니라 10대 중반, 아니, 사실 초반에 가까운 소녀였고, 최재철은 소녀 취향이 아니라는 것이었다.

"연화야."

"네, 선생님."

"난 선생이고, 넌 학생이야."

최재철을 그렇게 말한 후에나 아차, 했다. 드라마에 나오는 꽤나 유명한 대사지만, 유명했던 것도 10년도 더 전 이야기. 오연화가 이 대사의 속뜻을 알아들을 리 만무하지 않은가?

"……?"

아니나 다를까, 오연화는 못 알아듣고 고개를 갸웃거리고 있었다.

"선생님, 그러지 마시고 라면이라도 먹고 가세요."

정말로 못 알아들은 게 맞는 걸까. 최재철은 오연화의 말을 듣고 의심의 소용돌이에 빠져들었다. 아니, 아무리 그래도 속뜻을 알고 하는 소린 아닐 터였다. 옛날 영화에 나왔던 유명한 대사지만, 그 영화가 나온 지는 20년이 다 되어 간다. 그냥 순수하게 라면 먹고 가라는 소리겠지. 최재철은 그렇게 결론을 내렸다.

"미안하지만 연화야, 오늘은 선생님이 볼일이 있구나."

"네? 무슨 볼일이요? 제가 도와드릴 수 있는 일인가요?"

"그래, 네가 도와줄 수 있는 게 있지."

최재철의 말에 눈을 반짝이는 오연화. 그런 그녀에게 그는 이렇게 말했다.

"문 좀 열어줄래?"

*　　　　*　　　　*

오연화는 3분 정도 생떼를 썼지만 결국에는 순순히 최재철을 보내주었다.

"흠, 그럼 가볼까?"

오연화의 집에서 충분히 멀어지고, 그녀가 뒤를 쫓아오지 않는다는 것을 확인한 후에나 그는 행동을 개시했다.

오늘 볼일이란 건 그냥 단순한 확인이었다. 이틀 전과 어제 일어난 일이 과연 오늘도 일어날지, 그걸 확인하려는 것이다.

그렇다. 이지희에 얽힌 이야기다. 더 정확히는 그녀의 전 소속사, 더 나아가, 그녀를 원하는 '높으신 분'에 대한 이야기.

그들이 이대로 물러날 거라고 생각하긴 어려웠다. 물론 이지희는 그 실장이라는 남자를 충분히 겁먹게 만들었지만, 상급자란 놈들은 하급자들이 겁을 먹으면 화부터 내고 몰아붙이게 마련이다. 물론 안 그런 경우도 있지만, 이번 경우가 그런 예외적인 경우일 가능성은 낮았다.

"D급 어벤저를 동원할 놈이라면, C급을 또 동원하고도 남지."

최재철은 경험적으로 판단했다.

로마 군대가 갈리아를 정복하듯, 아니면 다키아를 정복하듯 패배하면 더 많은 병력을 승리할 때까지 보내는 것이 돈도 권력도 많은 이들이 선택하는 방법이다. 더 작은 세력을 상대로는 효과적이기도 하고, 역사적으로도 성공한 사례가 많은 방법이기는 하다.

그 소모를 계속해서 감당할 수만 있다면, 이라는 전제 조건이 붙긴 하지만.

사람들의 눈에 보이지 않는 곳에서 그는 반지 운반자의 팔찌를 이용해 자신의 모습을 이지희의 것으로 바꾸었다. 어차피 천천히 존재감을 지웠다가 서서히 다시 회복시키면서 한 처치이기에, 일정 수준 이상의 어벤저가 아니라면 위화감조차 느끼지 못했을 터였다.

"아무 일도 없는 게 가장 좋긴 하지."

그는 이지희의 목소리로 혼잣말을 하고 픽 한 번 웃었다. 자기 입에서 나온 이지희의 목소리가 어색했기 때문이었다. 그러고 보니 여자의 모습을 취하는 건 간만이었다. 적어도 그가 세력을 규합하고 대마법사의 직위를 얻은 후부터는 그럴 필요가 없었으니.

그의 제자들은 그가 다른 이의 모습을 취하는 걸 그리 달갑게 여기지 않았다. 특히나 여자의 모습을 취했을 때는 질색을 했다. 그렇기에 그는 대마법사의 직위에 오른 후부터는 의식적으로 반지 운반자의 팔찌 사용을 저어하는 경향이 있었다.

하지만 이번 일은 제자를 위한 일이다. 대마법사의 위신이니, 개인적인 거부감이니, 같은 것을 내세울 필요는 없었다.

"뭐, 신경 쓸 필요가 있으면 쓰는 거지."

그는 신경 쓰지 않기로 마음먹고 또각또각 걷기 시작했다.

"또각또각?"

그러고 보니 이지희는 하이힐을 신고 있었고, 반지 운반자의 팔찌는 그것조차 제대로 구현해 놓았기 때문에 그도 지금 하이힐을 신은 상태였다. 정확히는 겉보기에만 그럴 뿐이지만, 어쨌든 걸을 때마다 또각또각 하는 소리가 나니 기분이 기묘하기는 했다.

"후."

이 일을 빨리 해치워야겠다고, 그는 속으로 생각했다.

15장

진입

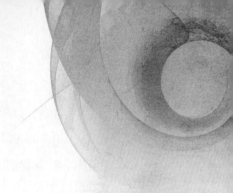

　오늘의 현오준 팀 목표는 다음과 같았다.

　차원 균열에 접촉한 후 입구에 돌입, 내부 1층의 어보미네 이션을 섬멸한다.

　즉, 오늘 드디어 현오준 팀의 1차 목표인 차원 균열로의 돌입이 달성된다. 그 때문인지 오늘 작전 목표를 브리핑하는 현오준은 상당히 들뜬 상태였다.

　"본사 측에서 지원받은 차원 균열 돌입 전용 장비를 오늘 배포하겠습니다. 사전에 말씀드렸듯, 차원 균열 내부에서는 평범한 장비품은 전부 파손되니 주의해 주시기 바랍니다."

정확히는 일정 기술 수준 이상의 장비가 파손되는 거지만, 현대인이 몸에 두르고 있는 건 대부분 그런 것들이니 현오준의 말에 딱히 틀린 점은 없었다.

어쨌든 최재철의 입장에서도 지구에서 만들어진 차원 균열 돌입 전용 장비라는 물건에는 흥미가 돋았다.

"탈의실에 가서서 사이즈가 맞는지 확인해 보시고, 일단 전부 착용한 상태로 돌아와 주시기 바랍니다."

현오준의 말에 고개를 끄덕인 최재철은 구문효와 함께 남자 탈의실로 향했다.

종이 박스 안에 든 보급품들을 목록과 함께 체크했다.

면으로 만든 셔츠에 양가죽으로 만든 속 갑옷, 겉에는 사슬 갑옷, 철판을 두들겨 만든 목 보호대인 고지트, 그리고 소가죽으로 만든 멜빵과 장갑, 부츠.

그리고 쇼트 소드. 접쇠를 두들겨 만든 것으로, 패턴 웰디드 스틸 특유의 물결무늬가 아름답다. 대장간에서 나온 물건이라는 게 확실해 보였다.

그중 절정은 물통이다. 염소 위장으로 만든 것이, 생긴 것만 보면 안에 우유를 넣고 흔들면 버터가 될 것 같다. 실제로는 신품 보급품이니만큼 당연히 세척을 했을 테고, 그러니 버터를 만들 수는 없겠지만.

'호오.'

최재철은 속으로 감탄했다. TA는 차원 균열 내부에 대한 정보가 없어서 미군으로부터 협조 받은 정보를 바탕으로 장비를 만든 것으로 아는데, 그런 것치고는 꽤 제대로 된 물건이 나왔다.

사실 차원 균열 안에서 쓰기에는 어중간한 철제 장비보다는 제대로 단련한 청동제 장비가 더 나은 면이 있지만, 어중간한 기술력으로는 그냥 철로 만드는 게 낫다. 차원 균열이 열린 지 8년밖에 안 된 지구에서는 아직 청동 기술자 육성이 제대로 됐을 리가 없다. 청동제만 천 년 이상 써서 머스킷 총열도 청동으로 만드는 이계와는 다르다.

"칼은 필요 없을 것 같은데요."

사격 능력자인 구문효가 그런 말을 했다. 그의 입장에서는 충분히 입에 올릴 만했다. 애초에 근접전을 벌일 상황 자체를 만들지 않기 위한 훈련을 해왔고, 그런 능력을 쌓아왔다. 그런데 칼을 들라니, 납득이 안 갈 만도 했다.

그럼에도 불구하고, 최재철이 말했다.

"그래도 가져가. 능력만으로 모든 걸 해결할 수 있을 거라고 믿지 마. 어떤 상황이 닥칠지 모르잖아? 게다가 쇼트 소드는 이래저래 쓸 일이 많아."

장검이라면 너무 길어서 거치적거리는 경우가 많아 전투용으로밖에 쓸모가 없겠지만, 쇼트 소드는 도구로라도 쓸모가 있다. 땅을 파거나, 나무를 패거나, 정글도 대용으로도 쓰는 등 쓰려면 얼마든지 쓸 수 있다.

전투용이 아닌 다용도 도구로만 생각하자면 삽을 가져가면 해결되는 일이긴 하지만, 삽은 또 전투용으로 쓰기에 적합하지 않다. 티타늄이나 현대 기술로 만든 강철이라면 문제없겠지만, 쇠를 접어 두들겨 만든 재래식 철로 만든 삽을 전투용으로 썼다간 몇 번 후려치지도 못하고 다 갈라져서 못 쓰게 되고 말 것이다.

"과연. 알겠어요, 형."

구문효는 최재철의 설명에 납득하고 고개를 끄덕였다.

"그래도 꽤 무겁네요."

천연 소재라는 게 현대의 소재에 비해 나은 점이 딱히 없다. 무게는 무겁고 강도는 떨어지고 가격은 비싸고. 차원 균열 전용 장비를 입고 있노라면 현대 소재 공학을 찬양하고 싶어진다.

그러나 어쩌랴, 차원 균열 안에서는 현대 과학의 산물은 전부 부서져 버리는데. 싫어도 중세 시대 이전의 기술로 만들어진 장비를 입어야 하는 게 현실이다.

왜 이런 현상이 일어나는지에 대해서는 여러 가지 설이 있지만, 이미 차원 균열에 대해 연구를 상당히 진행시켜 온 이계의 학자들 사이에서 가장 유력한 설은 '틈새 차원 유아론'이다.

아직 틈새 차원이 태어난 지 얼마 안 된 어린 차원인지라

기존의 늙은 차원에서 발달한 과학기술을 구현하지 못한다는 설이다. 발매된 지 오래된 게임에서 점프와 비행을 구현하지 못하는 이유와 동일하다고 보면 된다.

지구에서는 헬필드라 일컫는 지역에서 머스킷을 비롯한 총 포가 통하지 않는 이유도, 그 지역의 공간을 틈새 차원에서 흘러나온 차원력이 지배하고 있기 때문이기 때문이라고 설명하고 있다.

적어도 '틈새 차원의 신이 싫어하니까!' 같은 논리적 사고라는 걸 포기한 방식의 설보다는 훨씬 낫다. 이 '틈새 차원의 신의설(神意說)'이 틈새 차원 유아론(幼兒論)이 대세를 얻기 전에는 거의 진리로 떠받들어진 것을 생각하면, 최재철은 새삼 머리가 지끈거렸다.

"무슨 생각해요, 형?"

"아니, 아무것도 아니야."

생각보다 오래 잡념을 떠올리고 있었던 모양이었다. 구문효는 이미 장비를 모두 착용한 뒤였다. 몇 분 전에 착용을 완료한 최재철과 달리, 구문효는 사슬 갑옷에 익숙하지 않았던 탓인지 꽤 낑낑거리고 있었는데 그새 적응한 것 같았다.

"사슬이라서 걸을 때마다 잘박잘박 소리가 날 줄 알았는데 의외로 조용하네요."

그 자리에서 몇 번 점프를 해보며 구문효가 말했다. 밑에

받쳐 입은 속 갑옷에 사슬이 단단히 붙어 정숙성을 확보하고 있었다. 속 갑옷과 사슬 갑옷의 사이즈가 제대로 맞았다는 증거였다.

"제대로 입었다는 증거야. 장비는 몸에 잘 맞아 보이네."

"네, 형. 전신 스캔 같은 걸 괜히 한 게 아닌 것 같아요."

그나마 현대 기술이 활약할 여지가 있었던 게 바로 이 전신 스캔이었다. 줄자로 이리저리 재는 것보다야 훨씬 낫고 신뢰성도 높다. 최재철의 장비도 그의 몸에 딱 맞게 조절되어 나왔다.

"다행이네. 그럼 가자."

두 사람은 탈의실에서 나와 사무실로 돌아왔다.

*　　　　*　　　　*

"오늘은 차원 균열의 돌입만 달성하고 얼른 다시 빠져나올 겁니다. 1층에 있는 대량의 어보미네이션을 끌어내 오고 유구언 팀과 함께 격멸하는 것이 오늘의 궁극적인 작전 목표입니다."

모두가 보급된 장비를 착용한 후 다시 집결지에 모이자, 현오준은 다시 한 번 브리핑을 실행했다.

"사실 WF에서는 이미 실행하고 있는 작전이고, 이 작전 때문에 WF는 우리 회사보다 7배에 달하는 어보미네이션 생산량을 달성하고 있지요. 상층부에서는 이 사실에 상당히 속이 타는 모양입니다. 뭐, 그래서 저희 팀이 존속되고 유지되어 올 수 있는 거긴 하지만요."

"그래서 저도 이 팀에 남아 있을 수 있는 거구요."

오연화가 장난스런 목소리로 끼어들자, 현오준은 크게 고개를 끄덕였다.

"그렇죠. 아무리 각 팀원의 자기 결정권을 중시한다지만, 아직 제대로 된 작전을 수행하지 못한 저희 팀에 S급 인재인 오연화 씨를 상층부에서 그냥 내버려 둘 리가 없었습니다. 어디까지나 오늘의 작전을 성공시키기 위해 오연화 씨의 의견을 존중한 것이나 다름없죠."

현오준의 표정이 진지해졌다.

"달리 말하면 오늘 작전은 저희 팀의 존속이 걸려 있는 작전이기도 합니다."

"그런 위기 앞에서도 흥분한 기색을 감추지 못하는 팀장님이시구요."

구문효가 놀리듯 말했다. 그의 말이 맞았다. 현오준이 아무리 진지한 척을 하려고 해도, 그의 표정에서는 숨길 수 없는 흥분이 배어나오고 있었다.

"그야 오늘 작전은 제게도 평생의 숙원 중 하나였으니까요.

그게 달성될 수도 있는 겁니다."

"후."

최재철은 짧게 웃었다. 자신에게는 악몽이나 다름없는 차원 균열 돌입을 이벤트나 다름없이 받아들이는 현오준의 모습에서도 그는 딱히 불쾌감을 느끼지는 못했다.

아니, 오히려 느끼고 있는 것은 유쾌함이었다. 그도 진가규라는 존재가 없었더라면 오늘 일을 이벤트로서 받아들였을지도 모른다고까지 생각하고 있었다.

"태도에서 여유가 느껴지는군요, 최재철 씨. 지나치게 긴장하는 것보다는 낫죠. 아니, 오히려 믿음이 가는군요. 오늘 하루 잘 부탁드립니다."

팀장이 입사한 지 닷새도 안 된 일개 팀원한테 할 말은 아니었다. 하지만 이 현오준이라는 남자는 이런 말도 쉽게 해버리니, 이게 오히려 무서웠다.

"저야말로."

"좋습니다. 그럼 출발하죠!"

빌딩 숲 사이를 걷기에는 다소 우스꽝스러워 보일지도 모르는 중세 이전 시대의 전사 복장으로, 그들은 사옥 옥상 헬기 탑승장으로 향했다.

*   *   *

"오, 무슨 영화 촬영하는 것 같군요."

해당 장비를 입은 입장인 현오준 팀의 팀원들은 아무도 입에 올리지 않았던 그 말을, 부외자인 유구언이 너무나도 쉽게 말했다.

"TA에서는 처음 아닌가요? 차원 균열 돌입."

"저희가 처음 맞습니다."

"하긴 이런 미친 짓을 하는 게 당신뿐이죠, 누가 또 있겠습니까? 현오준 팀장님."

유구언은 시비라도 걸듯 말했지만, 현오준의 표정에는 구름한 점 끼지 않았다.

"그거야 뭐, 어쨌든 오늘 잘 부탁드립니다."

"오늘의 당신에게는 이빨도 잘 안 들어가는군요."

현오준의 반응에 실망한 듯 유구언은 귓불을 만졌다.

"그래요, 뭐. 평생의 숙원이라는 걸 이루는 인간을 보면 발목을 한번 걸어줘 보고 싶은 성격이긴 합니다만 오늘만큼은 협조해 드리죠."

거기까지 말한 유구언은 고개를 돌려 뒤를 보며 외쳤다.

"여의주 씨!"

"네, 팀장님!"

"오늘도 잘 부탁드립니다."

"알겠습니다!"

여의주가 가슴을 두들기며 말했다. 어제와 달리 든든해 보이는 모습이다. 그야 어제는 실제로 별로 죽을 위기 같은 것도 안 겪었던 데다, 통장에는 이제까지 본 숫자들과는 자릿수가 다른 금액이 찍혔을 테니 저렇게 의욕에 넘치는 것도 무리는 아니었다.

"그래도 무리는 마십시오. 제가 힘들어지니까. 절 힘들게 만들면 제가 공헌도 더 많이 먹을 겁니다."

"아, 알겠습니다."

그런 여의주의 지나치게 부푼 의욕을 슬쩍 꺾어놓는 걸 보면, 유구언도 꽤나 팀장으로서 잔뼈가 굵어 보였다.

"자, 준비하시죠!"

유구언이 손뼉을 짝짝 치며 주의를 환기시켰다. 슬쩍 보니 오늘 참가 인원 중 어제 여의주를 화장실에 데려갔던 선배 둘이 보이지 않았다.

"아, 그 둘이요? 자택 대기 시켰습니다. 유급휴가죠. 당분간 아주 그냥 푹 쉬게 만들 겁니다. 아하하하하!"

두리번거리는 최재철에게 유구언이 접근해서 그에게만 들리도록 말했다.

유급휴가라면 좋은 것 아닌가, 하는 생각도 들겠지만 연봉보다 임무에서 공헌도로 받는 돈이 훨씬 많은 어벤저의 입장에서는 별로 좋은 게 아니다. 대기조로라도 임무에 참가해서 생명 수당이라도 받는 게 이득이라는 건 말할 것도 없다.

하지만 왜? 최재철은 어제 화장실에서 분명히 투명화를 썼었고, 유구언은 여의주에게 우리 팀엔 투명화 간파 능력자가 없으니 디코이는 당신이 하라고 했었다. 그런데 굳이 최재철에게 접근까지 해서 이런 말을 한다는 건…….

"역시 어제……."

유구언은 투명화 간파 능력을 당연히 갖고 있고, 그 능력으로 최재철의 존재도 파악했으며, 자신이 화장실에서 떠난 후의 일도 파악하고 있음이 틀림없다. 최재철은 그렇게 유구언을 추궁해 보려고 했지만, 유구언이 표정을 바꾸며 고개를 갸웃거렸다.

"네?"

그걸 본 최재철은 고개를 저었다.

"아뇨, 아무것도 아닙니다."

"그렇군요. 눈치가 빠른 사람은 좋아해요."

유구언이 싱긋 웃었다. 역시 이 남자, 날로는 못 삼켜 먹을 부류의 인간인 것 같았다.

*   *   *

북한산 차원 균열은 사흘에 걸친 작전으로 이제 거의 어보미네이션이 나타나지 않을 정도가 되었다. 리자드독 몇 마리와 크로코리언 몇 마리를 잡은 것으로 오늘의 실적을 마무리해야 하는 유구언 팀장은 입맛을 다셨지만, 북한산 주변의 시민들에게는 다행한 일이다.

"자, 돌입들 하시죠."

"예, 유구언 팀장. 감사합니다."

작전권을 이양 받은 현오준 팀이 헬필드 안으로 발을 디뎠다. 아무런 저항도 없이 차원 균열 바로 앞까지 도달한 후, 현오준이 뒤를 돌아 팀원들을 바라보았다. 여기서부터는 수화로 대화를 대신해야 했다.

'돌입합니다.'

팀원 전원의 입감 완료 수화를 받은 현오준이 가장 먼저 차원 균열 안으로 뛰어들었다. 구문효가 바로 옆에서 긴장으로 침을 꿀꺽 삼키는 것이 보였다. 그의 어깨를 한 번 두들겨 준 후, 최재철이 팀장의 뒤를 따랐다. 구문효는 가장 마지막 차례였다.

차원 균열 안에 들어서자, 최재철에게는 익숙하다 못해 신물이 날 정도인 광경이 눈앞에 펼쳐졌다. 그는 그가 던전 로비라고 이름 붙인 차원 균열의 출입구 상태만 보고도 던전의 난이도를 알아볼 수 있을 정도의 경지에 올라 있었다.

'이 정도면 이 다섯 명으로도 충분히 클리어 할 수 있겠군.'

여기서 클리어란 의미는 던전 안의 모든 어보미네이션을 처리할 수 있다는 의미다. 그렇다고 이 던전이 안전하다는 의미는 아니다. 어디까지나 김인수로서의 지식을 활용해서 던전의 공략 방법을 숙지할 때의 이야기니. 전력상으로 볼 때 불가능하지 않다는 뜻일 뿐이다.

더군다나 아무리 전력상으로 가능하다고 정말로 이 던전의 모든 어보미네이션을 처치하면 안 된다. 그러면 차원 균열이 닫혀 버리고, 그들 모두가 10년 전의 그와 마찬가지로 돌아올 수 없는 몸이 되고 만다. 굳이 클리어하려면 던전 보스를 로비까지 끌어와서 처치한 후 차원 균열이 닫히기 전에 즉시 빠져나가는 방법을 써야 한다.

'뭐, 그런 건 나중에 생각하고.'

최재철은 던전 로비 너머의 어둠 속을 바라보았다. 그 어둠 속에서는 날카로운 안광이 번뜩이고 있다. 그 안광의 주인은 어보미네이션들. 즉, 적이다.

이 로비 앞에 잔뜩 모여 있는 어보미네이션들이 차원 균열에 진입한 이들이 넘어야 하는 첫 관문이었다. 지능은 낮지만 적의 강약을 판단하는 눈치만은 빠른 저것들은 상대가 약할수록 적극적으로 덤벼든다.

지구에서는 이 현상을 어보미네이션 웨이브라고 부르는 모양이었다. 잘 알려진 기록에 의하면 정글도를 들고 진입한 미군들을 전멸시킨 현상이기도 했다.

'나도 저것들 때문에 죽을 뻔했지.'

최재철은 추억담이라도 떠올리듯 생각했다. 만약 조금이라도 최하급 계약마와의 계약이 늦어서 적의 인식을 교란시키는 반지 운반자의 팔찌를 손에 넣는 데 실패했다면 그 또한 전신을 뜯어 먹혀 살해당했을 것이다.

현오준 팀의 다섯 명 모두가 차원 균열에 들어오자, 이쪽을 향해 안광을 번뜩이고 있던 하급 어보미네이션들이 슬금슬금 뒤로 물러서기 시작했다. S급 랭커인 오연화의 존재가 그들이 즉시 달려드는 걸 막고 있었다.

그러나 한 놈이 나서면 다른 놈들도 뒤따라 들이닥칠 것이다. 차원 균열 바깥의 인기척을 듣고도 두려워서 나오지 못한 형편없는 놈들이긴 하지만 숫자가 모이면 위협적이다. 그러면 여기에서 취해야 할 행동은?

선제공격이다.

현오준이 구문효에게 눈짓으로 신호를 보냈다. 구문효는 고개를 끄덕이고 앞으로 나섰다. 굵직한 빛의 화살 한 발이 소리 없이 던전 로비의 어둠을 갈랐다.

"컹!"

빛의 화살을 맞고 리자드독 한 놈이 즉사했다. 어차피 곧 되살아날 테지만, 겁 많은 놈들의 공포를 자극하는 데는 유효했다. 놈들 중 절반 정도는 몸을 사리느라 나오지 못할 것이다.

하지만 나머지 절반에게는 그것이 전투 개시의 신호로 보였을 것이다. 파박, 하는 발소리와 함께 다수의 안광이 그들을 향해 달려들었다.

현오준과 최재철이 쇼트 소드를 빼어 들어 일행의 전면에 섰다.

달려들어 오는 놈들에게 구문효가 빛의 화살을 한 대씩 쏴붙였다. 단 한 발씩. 리자드독의 목숨을 한 번 빼앗는 데는 정련된 한 발로 충분했다. 그는 최재철의 조언을 받아들여 지나치지 않은 위력으로 급소에다 치명적인 일격을 꽂는 법을 터득한 낌새였다.

어보미네이션의 목숨은 셋. 구문효에 의해 한 번 죽은 놈들에게 이지희의 번개가 떨어졌다. 목숨이 하나밖에 남지 않아 심장이 오그라 붙어 도망치려는 놈들을 오연화의 염동력 손아귀가 붙잡았다. 이빨이 닿는 곳까지 어찌어찌 접근한 놈들은 현오준과 최재철이 용서 없이 베어 넘겼다.

30분도 지나지 않아 시체의 산이 로비에 쌓였다. 덤벼든 놈들은 전부 죽었고, 도망을 선택한 놈들은 이미 로비에서 멀어져 있었다. 로비는 조용해졌다. 거친 숨소리는 지구인들의 것이었다.

"이제 말해도 되는 거죠?"

구문효가 가장 먼저 입을 열었다.

"그렇습니다만, 가능하다면 첫 번째 발언권은 제게 주셨으면 좋았을 텐데요."

현오준이 아쉬운 듯 대답했다. 아무래도 차원 균열에서 처음 말한 사람이라는 타이틀이 갖고 싶었던 모양이었다. 그가 무슨 생각을 한 건지 간파한 구문효가 놀리듯 말했다.

"그것도 집착이에요."

"뭐, 하긴, 차원 균열 안에서 처음으로 말한 사람은 이미 미군일 테니까 별로 상관은 없습니다만. 어쨌든 공개된 탐사 기록과 별 차이 없는 모습이로군요."

"프라이머리 어벤저의 기록 말입니까?"

"예, 불귀의 객이 된 그."

프라이머리 어벤저란 기록상으로 처음으로 어벤저가 된 미군 병사를 가리킨다. 공식적으로는 인류 최초로 어벤저 스킬을 얻은 그는 몇 차례 차원 균열을 드나들며 기록을 남겼지만, 마지막에는 행방불명되고 말았다.

"이제 이 시체들을 가지고 나가면 오늘의 작전은 성공리에 끝낸 셈이 됩니다만, 저로서는 기왕 들어온 김에 조금 더 탐사해 보고 싶습니다."

사실 차원 균열에 처음 들어온 인간은 대량의 어보미네이션에게 습격을 당하는 터라 바로 도망 나와야 하고, 그것을 밖에서 대기하고 있던 팀이 처치하는 것이 매뉴얼이다. 하지만 첫 습격을 효과적으로 방어하고 반격까지 해치운 현오준 팀은 이미 매뉴얼을 넘어선 셈이었다.

현오준에게 욕심이 생긴 것도 이해는 가지만, 그래도 최재철의 입장에서는 고개를 저을 수밖에 없었다. 구문효는 생각 외로 멀쩡하지만, 이지희는 거친 숨을 내몰아 쉬고 있었다. 물어보면 분명 괜찮다는 대답이 돌아올 테지만, 그래서 더욱 안 된다.

그러므로 그는 말했다.

"점심 먹고 다시 오죠."

*   *   *

금강산도 식후경부터.

사실 틀릴 때가 더 많은 숙어다. 먹는 것보다 중요한 게 세상에 얼마나 많은가? 하지만 이번만큼은 맞았다. 차원 균열 안에서는 현대의 식량조차 파손되니까.

인류가 밥을 언제부터 먹었다고 생각하는가? 빵은 언제부터 먹었다고 생각하는가?

물론 고대 시대 때부터 먹기는 했다. 하지만 현대의 맛있는 밥과 빵은 인류가 조금이라도 끼니를 맛있게 먹기 위해 요리법을 개선하고 품종을 개량하는 등의 노력을 수천 년 동안 해온 결과물이고, 그 발전 속도는 세계화가 이룩된 19세기 이후부터나 급속히 빨라지기 시작했다.

그리고 틈새 차원이라는 이 어린 차원은 그 맛있는 밥과 빵, 그 외의 모든 요리의 맛을 제대로 구현하지 못한다. 아무리 맛있는 걸 가져와도 구현이 안 되니 그냥 모래 씹는 맛이 나는 것이다.

그러므로 점심만큼은 반드시 밖에서 먹어야 했다.

한 끼는 먹고 들어간다.

이건 차원 균열 탐사자의 상식이었다.

그전에 산처럼 쌓인 어보미네이션 시체를 차원 균열에서 끄집어내 후방으로 옮기는 작업도 미리 해치워야 했다. 로비에 그냥 두고 갔다간 다른 어보미네이션들이 와서 뜯어먹을 테니까. 그냥 놔두고 전진했어도 마찬가지였을 테니, 어쨌든 시체를 옮겨다 둘 시간은 필요했다.

이 시체들만 보고도 바깥의 유구언은 환호를 올렸다. 당연하다. 이걸로 이미 작전은 성공한 거나 마찬가지였으니.

하지만 그럼에도 불구하고 현오준의 다시 돌입한다는 말에 입을 쩍 벌리고 말았다.

유구언의 당신들 미쳤냐는 폭언에 현오준은 네, 그렇습니다, 라고 대답하고 도시락을 먹었다.

*　　　*　　　*

오후.

현오준 팀은 다시 던전 로비에 섰다.

"다시 덤벼오지는 않는군요."

이번에는 현오준이 가장 먼저 말했다. 눈치를 보던 어둠 속의 안광들이 상대가 현오준 팀인 걸 알게 되자마자 내뺀 것이다. 다시 한 번 시체의 산을 쌓을 필요는 없었다.

"처음부터 길이 두 갈래로 나뉘는군요. 어느 쪽으로 먼저 갈까요?"

로비는 두 개의 통로로 이어져 있었다. 오른쪽은 자연 동굴, 왼쪽은 인위적으로 파낸 동굴처럼 보인다. 괜히 던전이라 부르는 게 아니다. 미로 정도는 아니지만, 그렇다고 아무렇게나 나아가면 길을 잃기 십상이다.

"바람을 한번 던져보기로 하죠."

최재철은 그렇게 말하며 나섰다. 그리고 실제로 바람을 한 줄기씩 각각의 통로에 던졌다.

"왼쪽에서는 바람이 벽에 부딪혀 돌아왔습니다. 왼쪽은 막다른 길, 오른쪽으로 가야겠군요."

"편리하군요. 좋습니다, 오른쪽으로 가죠."

현오준이 그렇게 최종적으로 결정을 내렸다. 일행은 모두 움직일 준비를 했다.

오른쪽은 자연 동굴, 왼쪽은 인위적으로 파낸 동굴이라고 말했지만 사실 양쪽 모두 인위적으로 파낸 동굴이다. 오른쪽이 오래되었고, 왼쪽이 새로 파낸 동굴이라는 점에서 겉보기에 차이가 났다. 그럼 이런 동굴을 파낸 게 누구냐는 질문이 돌아올 법도 한데, 최재철은 그 답을 안다.

틈새의 눈. 지구에서는 빅 마우스라 부르는 어보미네이션이다. 최재철과 오연화가 함께 처치한 적이 있는 어보미네이션이자 이 던전의 보스이기도 하다. 그리고 틈새의 눈은 왼쪽 통로의 끝에 있다. 이유는 당연히 왼쪽 통로가 파낸 지 얼마 안 됐으니까.

최재철이 오른쪽을 가리킨 이유도 틈새의 눈 때문이다. 틈새의 눈이 두려워서가 아니라, 그 반대다. 함부로 처치해 버리면 곤란하기 때문이다. 틈새의 눈을 찾아다 처치하면 이 차원 균열은 닫힌다. 그리고 이들 일행은 이 틈새 차원에 갇히게 될 거고.

'반대쪽이라고 곤란한 점이 없는 건 아니지만.'

적어도 우선 최악의 상황을 피하는 것이 낫다. 최재철은 그렇게 판단했다.

통로는 원통형으로, 사람이 걸으라고 판 통로는 아닌지라 바닥도 편평하진 않아서 걷기 조금 불편했지만 크게 지장이 있는 건 아니었다. 그들은 그 3m 정도의 폭인 통로를 2열 종대로 걸었다.

사전에 정해둔 바대로, 최재철이 선두에 서고 이지희와 오연화가 본대, 구문효와 현오준이 후방에 섰다.

"거리를 두고 따라오고 있어요."

어느 정도 걷던 중, 이지희가 말했다. 그녀의 말대로, 최하급 어보미네이션들이 그들의 뒤를 충분히 거리를 둔 채 따라오고 있었다.

"신경 쓰지 마. 이미 겁을 먹을 대로 먹어서 먼저 덤벼오지는 않을 테니까."

최재철이 별일 아니라는 듯 대꾸했다.

"그런데 왜 따라오는 거죠?"

"우리가 더 강한 적을 만나 죽으면 시체 한 점이라도 뜯으려고 저러는 거야."

"그럼 이 앞에는 더 강한 적이 있다는 뜻이네요?"

"그야 그렇겠지?"

아무렇지도 않은 것처럼 말하던 최재철이 갑자기 멈췄다. 주먹을 들어 올려 정지 신호를 보내자 이지희도 입을 닫았다.

스르렁. 칼을 뽑는 소리가 섬뜩하게 들렸다. 칼집을 개조해서 소리가 안 나게 해야겠다고 생각하며 최재철은 정면을 향해 달려들었다.

퍼억, 하고 고기 잘려 나가는 소리와 함께 허공에 뭔가 묵직한 것이 날았다. 그렇게 보였을 것이다. 투명체 간파 능력을 갖고 있지 못한 이들의 눈에는.

"빅 카멜레온이로군요."

오연화가 길가에 꽃이라도 발견한 것 같은 말투로 말했다.

"응. 두 번 더 죽여줄래? 앞에 더 없나 보게."

"네."

오연화의 염동력 손아귀에 붙잡혀 도망칠 기회도 잃고 그대로 두 개의 생명을 더 낭비한 변색 도마뱀, 빅 카멜레온은 이미 최재철의 안중에 없었다. 정면에 두 마리가 더 있었으니까.

챠샤샤샷 하며 지면을 발톱으로 박차는 소리가 들렸다. 가장 앞에 있던 동료가 너무나 손쉽게 살해당하자 다른 빅 카멜레온이 두 마리가 놀라 도망치는 소리였다.

"긴장했던 것에 비하면 너무 쉬운데요."

구문효가 싱겁다는 듯 말했다. 그 말에 최재철이 피식 웃었다.

"오연화가 너무 대단해서 그래. 이 한 놈 처리하는 데 애먹었다면 다른 두 놈도 우리한테 덤벼들었을걸."

"두 놈이요? 둘이 더 있었어요? 하나인 줄 알았는데."

구문효의 놀란 목소리에 최재철은 그에게도 언젠가 투명체 간파 능력을 가르쳐야겠다고 생각했다.

"어떻게 할까요? 팀장님. 이 시체는……."

"버려두고 계속 전진하죠."

"알겠습니다."

여기서 버린다는 건 진짜로 버린다는 것이다. 죽어서 변색 능력을 잃은 빅 카멜레온의 시체는 뒤따라온 어보미네이션들의 먹잇감이 될 것이다. 하지만 시체를 짊어지고 계속 이동한다는 건 어불성설이니 어쩔 수 없었다.

일행은 계속해서 전진했다.

언제까지고 이어질 것만 같았던 통로는 드디어 끝이 나고, 다음 공동이 나타났다. 새 통로를 파고 나갈 때까지 빅 마우스가 둥지로 쓰고 있었을 구 형태의 공간이다. 이 공간을 최재철은 '던전 홀'이라고 불렀다.

최재철은 섣불리 홀에 진입하지 않고 한 번 발걸음을 멈췄다. 그가 멈추자 뒤따라오던 일행도 함께 긴장했다.

최재철은 바닥에서 작은 돌 하나를 집어, 공동 안쪽에 집어던졌다. 그러자 돌은 바닥이 아니라, 황당하게도 좌측 벽면을 향해 떨어졌다. 물론 그는 이런 현상이 일어나는 이유를 알고 있다. 어느 정도 지구의 영향을 받던 구간에서 벗어나, 중력이 다른 방향으로 작용하는 구간이 시작되었기 때문에 일어나는 현상이었다.

그냥 아무 생각 없이 진입했더라면 그들 일행은 좌측을 향해 추락했을 터였다. 이 정도 높이로 죽지야 않겠지만, 부상이라도 당하면 큰일이다. 특히나 신체 강화 능력이 없는 구문효가 위험했다.

게다가 이 공동에는 다른 위험 요소도 존재했다. 맞은편 통로의 어둠 속에서 안광을 번득이고 있는 존재들. 원래 이 공동의 주인인 빅 마우스가 떠난 뒤 여길 점령한 빅 카멜레온의 무리였다.

방금 전에 최재철과 오연화가 살해한 변색 도마뱀은 아마도 정찰대일 것이다. 리자드독이나 크로코리언과 달리 빅 카멜레온은 그럭저럭 지능이 있는 편이니까.

'일단 눈에 보이는 것만 10마리 정도인가.'

투명체 간파가 가능한 인원이 셋이나 있으니 상대하기 그리 버겁지는 않을 터였다. 하지만 여기서 굳이 체력을 낭비할 필요는 없었다.

"팀장님, 빅 카멜레온입니다."

최재철은 후방의 현오준에게 속삭여 보고했다.

"몇 마리나 되죠?"

"10마리가 넘습니다."

"많군요. 어떻게 할까요?"

현오준은 최재철에게 되물었다.

"계속 나아가실 거라면⋯⋯."

"나아갈 겁니다."

현오준의 대답은 단호했다. 그럼 해야 할 일도 정해졌다. 최재철이 말했다.

"그럼 다 죽이는 것보다는 그냥 쫓아내는 것이 좋겠군요."

"그렇게 하죠."

그렇게 결정이 내려졌다. 최재철은 구문효에게로 시선을 돌렸다.

"문효야, 이리 와봐."

"네, 형."

가장 후방에 서 있던 구문효가 최재철의 부름에 뛰어왔다.

"저쪽 통로에 빅 카멜레온이 10마리 정도 있어."

구문효의 눈에는 보이지 않을 테지만, 그는 열심히 고개를 끄덕였다.

"쏴라, 제일 센 걸로."

다른 설명이 뭐 더 필요하겠는가. 최재철의 지시에 구문효는 별로 고민하지도 않았다.

"하아아압!"

구문효의 기합성과 동시에 빛의 칼날이 변색 도마뱀들을 향해 날았다. 변색 도마뱀들은 갑작스러운 공격에 놀란 건지 그대로 줄행랑치기 시작했다.

이미 동족 한 마리가 이 일행에게 걸려 반격할 새도 없이 죽어나간 건 알고 있을 테니, 반격할 마음도 품지 않은 것일 터였다. 만약 이 공동의 중력 방향을 모르고 부상이라도 입는다면 달려들었을 테지만, 선제공격을 당해 버려서야 그런 시도를 하는 것조차 위험하니 도망치는 수밖에 답이 없다.

사실 차원 균열을 닫을 생각으로 들어왔다면 다 잡아다 죽이는 게 좋지만, 지금 팀의 목적은 그게 아니니 할 수 있었던 선택이었다.

"잘했다, 문효야."

"네, 형!"

칭찬을 받은 구문효가 환하게 웃었다.

'이 녀석, 귀여운데?'

그 표정을 본 최재철은 그렇게 생각하고 말았다.

어쨌든 적들을 물리쳤으므로 최재철은 가장 먼저 조심스럽게 앞으로 나아갔다. 발밑의 중력이 조금씩 약해져서 부주의하게 발을 잘못 디디면 옆으로 추락할 수도 있었다.

최재철에게는 익숙한 곳이라 그냥 걸어가도 별문제는 생기지 않을 테지만, 그는 일부러 조심스러움을 연기했다. 그의 뒤를 따라 일행들도 주의 깊게 발을 움직이기 시작했다.

"읍, 어지러워요."

"비행기라도 탄 것 같군요."

이지희의 말에 현오준이 흥미로운 듯 대꾸했다. 중력의 방향이 바뀌면서 평형감각에 영향을 받아 일어나는 일이니 현오준의 말은 꽤 본질을 꿰뚫고 있었다.

일행 모두가 중력 방향이 바뀌는 구간을 통과하자, 최재철은 다시 뒤를 돌아 의견을 물었다.

"어디로 갈까요?"

홀에 뚫린 통로는 총 4군데. 그들이 통과해 온 통로와 진행 방향 맞은편의 통로, 그리고 좌측으로 난 통로와 아래로 떨어지는 통로가 있었다.

"바람을 던져볼 수는 없나요?"

"던져보도록 하죠."

현오준의 요청에 최재철은 각각의 통로에 바람을 던졌다. 바깥으로 이어지는 통로는 유감스럽게도 아래로 떨어지는 통로였고, 진행 방향 맞은편의 통로는 빅 카멜레온들이 도망쳐 들어간 곳이었다.

"바깥? 바깥이 어디죠?"

보고 사항을 다 들은 현오준은 최재철에게 그렇게 물었다. 최재철에게는 곤란한 질문이었다. 알고 있는 걸 사실대로 말할 수는 없으니, 얼버무릴 수밖에 없다.

"그건 모릅니다만, 어쨌든 바깥으로 이어집니다."

"호기심이 돋는 이야기로군요."

사실 정말로 가치 있는 것들은 이른바 '초급 던전'인 여기가 아니라 바깥에 있으니 최재철의 입장에서도 바깥으로 가는 게 나았다. 문제는 중력 방향 때문에 바깥으로 이어지는 통로로 가려면 추락을 해야 한다는 점이었다.

"상부에 레펠 장비를 요청해 보도록 하죠. 하루 오고 말 곳은 아니니. '바깥'은 나중으로 미루고, 일단은 좌측으로 한번 진행해 봅시다."

고민 끝에 현오준은 그렇게 결정했다.

신체 강화 능력으로 시야를 확보했음에도 불구하고 높이를 특정할 수 없을 정도로 깊은 통로를 향해 낙하한다는 건 너무 위험했으니 적절한 선택이었다. 다만 그냥 돌아간다는 선택지는 역시 고를 생각이 없는 모양이었다.

최재철도 여기까지 와서 그냥 돌아갈 생각은 없었으므로 고개를 끄덕였다.

진행하기 전에 구문효가 돌아가는 길을 석회암 조각으로 표시했다. 중력의 방향이 바뀌기 때문에 방향감각이 교란될 가능성이 충분했으므로 현명한 조치였다.

좌측 통로에서는 별다른 어보미네이션을 비롯한 위험 요소와 조우하지는 않았다. 대신 그들이 본 것은 막다른 길에 엄청나게 쌓인 해골들이었다.

"리자드독의 해골이로군요."

현오준이 바로 알아보았다.

"아무래도 여기를 둥지로 삼고 있던 거대한 어보미네이션이 리자드독을 잡아먹고 소화하지 못한 뼈를 토해놓은 것 같

습니다. 지구에서도 간혹 일어나는 일이지만 이렇게 대량으로
한데 모아두는 경우는 없습니다."

현오준의 추측은 정답이었다. 최재철은 말은 안 했지만 살
짝 고개를 끄덕였다. 여기를 둥지로 삼고 있던 거대한 어보미
네이션이란 빅 마우스다.

"이 해골들은 토해낸 지 오래된 것 같군요. 이미 다 부패가
끝나 악취도 나지 않고, 소화액도 다 날아간 건지 완전히 건
조된 상태입니다. 보아하니 이 주변에 그 거대한 어보미네이션
은 없는 것 같습니다. 자리를 옮긴 지 오래된 것 같으니, 긴장
을 풀어서도 좋습니다."

이지희와 구문효가 현오준의 말을 듣고 겨우 긴장을 풀었
다. 그 둘은 현오준의 거대한 어보미네이션이라는 언급에 여
태까지 신경질적으로 주변을 경계하고 있었다.

"여기 살던 어보미네이션에게 이곳은 화장실에 가까웠을 겁
니다만, 저희에게는 보물 창고나 다름없군요. 이 해골들은 잘
말려서 다 처리를 마친 어보미네이션 연료라고 봐도 무방합니
다. 무게에 비해 훨씬 가치가 높죠."

"그럼 저희 대박 터진 건가요?"

구문효가 표정을 확 밝히며 말했다. 현오준은 미소를 지으
며 고개를 끄덕였다.

"그렇습니다."

"와!"

"소리는 지르지 마시구요."

환호성을 내지르려던 구문효가 현오준의 일침에 급히 자기 입을 막았다. 환호성을 듣고 멀리서 적들이 몰려오기라도 하면 큰일이니 그 일침은 당연한 것이었다.

"참……. 차원 균열 안에 이런 게 있으니 WF가 당사 대비 7배의 어보미네이션 산출량을 자랑할 수 있는 거라고 봐도 좋겠죠. 문제는 이걸 어떻게 옮기느냐 정도로군요."

"저희가 직접 옮길 수밖에 없겠죠. 차를 끌고 올 수도 없는 노릇이니."

최재철의 말에 현오준이 고개를 끄덕였다.

"그러면 오늘 탐사는 여기까지 할 수밖에 없겠군요. 아쉽지만 어차피 장비도 확충해야 할 걸 생각하면 딱 괜찮은 타이밍 같기도 합니다."

다섯 명이서 리넨으로 만든 포대에 각자 해골 더미를 채워 넣어 적당히 한 짐씩 꾸린 그들은 돌아갈 채비를 마쳤다.

그들 각자가 갖고 돌아간 해골의 가치만도 5억 원이 넘었다. 입구에서 잡은 리자드독 무리들의 시체까지 합치면 연봉의 세 배 이상의 수입을 올렸다.

결국 그들은 야근을 하고 말았다. 같은 길을 두 번 더 왕복함으로써 '화장실'의 해골들을 전부 꺼내온 것이다. 그럼으로

써 그들은 일반인이라면 인생이 바뀌고, 인생관마저 바뀔 정도의 금액을 자신들의 고용주, TA로부터 받아내었다.

대박이 터졌다는 구문효의 말은 결코 과장이 아니었던 셈이다.

*　　　　*　　　　*

TA는 해골의 값으로 100억 원을 훨씬 넘는 금액을 현오준 팀에게 지급해야 했지만, 그 몇 배나 되는 이익을 벌어들였다.

첫째로, TA의 차원 균열 탐사 팀이 올린 거대한 성과는 즉각 주식시장에 반영되었다.

유동성이 있는 주식시장에서의 회사 가치는 차치하고서라도, 당장 TA가 WF로부터 사들인 '낡은 차원 관문'의 가치는 단 하루 사이에 다섯 배로 뛰어올랐다.

이만큼의 이득을 보았다. TA는 당연히 차원 균열 탐사 팀에 모든 지원을 아끼지 않을 것을 약속했다.

더불어 인원 충원에 대한 이야기도 나왔다. 어지간하면 자신의 팀을 꾸려 팀장으로 활동할 A급 어벤저들마저도 지원서를 낼 정도였으니, 인식이 어떻게 바뀌었는지 알 만했다.

현오준 팀은 천덕꾸러기에서 귀하신 몸으로 일약했다. 그야말로 신데렐라 스토리를 썼다고 봐도 무방했다.

"그런데 이 차원 균열 오래된 거 아니던가요?"

이지희의 말에 현오준이 고개를 끄덕였다.

"세계에서 세 번째로 열린 차원 균열이죠."

"그리고 WF로부터 사들인 거구요."

"네."

현오준의 대답에 이지희는 한층 더 높은 각도로 고개를 갸웃거렸다.

"이상하지 않나요?"

"이상하죠."

현오준은 허허 웃으며 대꾸했다.

"WF는 차원 균열 돌입에 대한 노하우가 충분하고, 또 그럴 만한 어벤저 전력도 갖추고 있었죠. 하지만 저희는 불과 갈림길 두 번 돈 곳에서 이 보물의 산을 발견했습니다. 그러면 내릴 수 있는 결론은 한 가지죠."

WF는 이 차원 균열의 내부 탐사를 제대로 하지 않았다. 차원 균열의 안이 위험한 만큼 보상도 크다는 걸 그들도 알고 있을 터임에도 불구하고.

"뭐, 추측이야 여러모로 해볼 수 있겠습니다만 다 소용없습니다. 저희는 TA의 직원이지, WF의 관계자가 아니니까요. 타사의 내부 사정을 어떻게 알겠습니까."

현오준은 그렇게 마무리를 지었다.

"자, 밤이 너무 늦어지고 말았군요. 그만 퇴근들 하시죠."

그의 말대로였다. 시각은 이미 자정에 가까워지고 있었다.

차원 균열 안은 촬영도 안 되고 녹음도 안 된다. 오로지 직접 가본 사람의 증언만이 유효했다. 그렇기에 아직 기억이 생생할 때 최대한 자세한 기록을 받아두라는 상부의 요청 때문에 현오준 팀은 이 시각까지 회사에 잡혀 있었다.

사실 이 보고서 기록이야말로 그들 팀의 진정한 임무였다. 오늘 20억 넘게 벌었다고 나 몰라라 할 정도로 책임감이 없는 인간은 이 자리에 한 명밖에 없었다. 그리고 그 한 명, 오연화마저도 자리에 남아 있었다.

"선생님, 밤이 무서워요. 저 집까지 데려다주세요."

그녀가 지금껏 남아 있던 목적이 보고서가 아니었다는 점이 조금 신경 쓰이기는 하지만, 뭐, 이 정도면 귀여운 축에 속한다.

"아뇨, 오연화 씨. 오늘은 제 차례입니다."

현오준에 비하면 말이다.

*   *   *

WFF 부사장실.

진가충.

그는 굳은 얼굴로 오늘 새로 산 노트북의 모니터를 바라보고 있었다.

지금 인터넷 뉴스에 대대적으로 보도되고 있는 내용.

[TA, 차원 균열 탐사에 성공.]
[북한산 차원 균열, 대박.]
[탐사 첫날 100억 원 규모의 어보미네이션 자원 확보… 장밋빛
미래]

내용 자체도 충격적이다.

지금까지 기업 단위로 차원 균열 탐사에 성공한 건 WF가
유일하다. 국가 단위로도 미국밖에 없다. 한국 정부조차 불가
능한 차원 균열 탐사에 성공했다. WF는 그야말로 유일무이의
성공 신화를 이룩한 셈이었다.

그런데 이걸 최대의 라이벌 기업인 TA에게 따라잡힌 것이다.
그것도 WF가 소유한 차원 균열이 속속 닫히는 악재 속에서.

물론 아직까지도 최초라는 타이틀은 WF가 갖고 있다. 타격
이야 있지만 치명적이랄 것까지는 아니었다. 이런 걸로 WF가
망하거나 하지는 않는다.

하지만 진가충이 받은 충격은 이만저만이 아니었다.

오늘 TA가 탐사에 성공했다던 이 북한산 차원 균열은 WF가
매각한 것이다.

그것도 이 매각 건은 진가층이 총괄한 건이었다.

매각한 이유는 별거 아니었다. 북한산 차원 균열의 헬필드 축소가 관측되었기 때문이다. 이제 슬슬 어보미네이션 생산량이 줄어들 것이라고 사내 전문가들도 예측하고 있었다. 그렇다고 딱히 매각할 필요까지는 없다는 보고서가 올라오기도 했지만, 진가층은 무시했다.

헬필드 축소 관측 등의 이슈는 이미 TA 측도 파악하고 있었다. 그럼에도 아직 내부 탐사가 이뤄지지 않았다는 점 덕분에 차원 균열의 가치를 조금쯤 보전시킬 수 있었다. 애초에 내부 탐사까지 끝낸 차원 균열이었다면 훨씬 헐값에 팔았어야 했을 것이다.

진가층은 이 차원 균열을 어느 정도 가치의 이상으로 팔아야 할 이유가 있었다. 이 매각 건을 성립시킴으로써 자신의 사내 위치를 안정화시키고 덤으로 약간의 비자금을 마련할 생각이었다.

그는 아직 부사장으로, 사장인 유연학의 눈치를 보아야 했다. 아무리 회장 일가라 한들 회사 돈을 마음대로 쓸 수는 없으니, 어느 정도 액수가 되는 비자금을 조성하기 위해서는 이런 이슈가 필요했다.

그래서 팔았다.

그런데 일이 이렇게 되다니.

애초에 TA가 북한산 차원 균열을 비싼 값에 사들인 이유는 차원 균열 탐사 팀을 운용하기 위해서라는 건 그도 알고는 있었다. 어보미네이션 출현이 줄어든 '늙은' 북한산 차원 균열은 초보 탐사 팀을 들여보내는 데 제격이었다.

어보미네이션들이 단어 그대로 미쳐 날뛰는 '젊은' 차원 균열에 들어가는 건 자살행위나 다름없으니, 아직 탐사 경험이 없는 TA에게는 딱 좋은 매물이었다.

그래도 실패할 거라고 생각했다.

어벤저들 사이에서 차원 균열 탐사는 돈도 안 되고 위험하기만 한 짓이라고 이미 평판이 자자했다. WF 측에서 흘린 소문이기도 하지만, 사실이기도 했다. 지금까지 차원 균열이 집어삼킨 인명이 몇인가. 러시아와 중국이 괜히 차원 균열 탐사를 포기한 게 아니다. 미국조차도 최근에는 자제하고 있다.

TA는 지원자를 받아 팀을 꾸린다고 했으니, 탐사 팀 조직 자체가 어려울 거라고 봤다. 아니면 간신히 조직해서 의욕만 가득 찬 어설픈 놈들을 들여보내 참사를 보고, 당분간 탐사 프로젝트 자체가 동결될 터였다.

원래는 그래야 했다.

그런데 1년 만에 탐사 팀이 조직되어 버리고, 그 팀이 탐사 첫 날에 이렇게 큰 성과를 낼 줄이야.

거기다 이 탐사 팀의 멤버의 명단에 어디서 본 적이 있는 이름이 적혀 있었다.

이지희.

진가충의 꽉 깨문 입술 사이로 피가 흘러나왔다.

그가 비자금을 조성하려고 마음먹은 게 그녀 때문이었다. 원래대로라면 돈으로 살 수 없는 것을 돈으로 사기 위해서는 사전 작업이 필요하다.

돈을 바른다고 그 사람이 뜨나? 그렇지 않다. 하지만 뜨지 못하게 하는 건 가능하다.

방송가나 기자들에게 돈을 발라 그녀가 대중에게 노출되지 않도록 했다.

사람이 꿈을 계속 꾸기 위해서는 아주 작은 달성감이라도 필요하다. 진가충은 그것마저 막은 것이다. 그래도 기사 한 줄 떴어, 작은 일이라도 들어왔어, 이런 것조차 못 느끼도록.

그렇게 좌절한 소녀에게 접근해서, 스폰서 이야기를 꺼내는 것이다. 뜨게 해주겠다고.

이 방법으로 진가충은 연예인을 꿈꾸는 미성년 여자애를 몇 명이고 먹어치울 수 있었다.

진가충은 이지희에게도 이 방법을 썼다. 이런 짓을 회사 돈으로 할 수는 없지 않은가? 마침 조성해 둔 비자금이 떨어져 북한산 차원 균열을 팔아야 하긴 했지만, 이지희를 먹을 수 있다면 별로 아깝지도 않았다.

지금껏 그녀에게 '작업'하느라 쓴 돈도 그의 기준으로는 푼돈이었다. 아직 비자금은 잔뜩 남아 있었다.

하지만 이지희는 오늘 20억 원을 먹었다.

멍청한 TA. 자사 어벤저들에게 돈을 '퍼주는' 걸로 유명한 TA라면 20억을 그대로 넘겨주고도 남았다.

즉, 오늘 부로 이지희를 돈 주고 사는 건 불가능해졌다.

"하······!"

진가층의 입에서 헛웃음이 흘러나왔다. 자신의 사내 위치가 꽤 위험해질 이 이슈에도, 자신이 충격을 받은 이유가 이지희 때문이라니.

"미쳤군."

그의 입에서 그런 말이 흘러나왔다. 그럼에도 불구하고 그는 멈출 생각이 없었다.

"돈으로 안 된다면 힘으로 하면 되겠지."

진가층은 전화기를 들어 올렸다.

지금부터 그가 하려는 일은 범죄의 영역에 속했다. 하지만 그게 하루 이틀 일인가. 얼마든지 무마시킬 수 있으리라. 그가 손에 쥐고 있는 돈과 권력의 힘으로.

16장

공격(1)

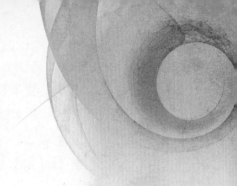

김현직 실장은 울고 싶은 기분이었다.

이틀 전, 그는 이지희를 확보하는 데 실패했다. 어벤저가 된지 얼마 되지 않은 이지희를 확보하기 위해서 다섯 명의 어벤저와 함께 작전에 돌입했지만, 이지희는 C급 어벤저인 오만구를 비롯한 모든 어벤저를 박살내 버렸다.

사타구니가 시원해진 채 도망 온 그는 비참한 기분에 그날은 그냥 집으로 돌아갔다. 사장에게는 연락도 없이, 사실상 사표를 던질 생각을 굳힌 채 잠수를 탔다.

그러나 다음 날, 이 결과를 어떻게 보고해야 할지 망설이며 사무실에 도착한 그가 본 광경은 충격적이었다. 사무실의 문은 박살나 있었고, 사장은 없었다.

어찌할 바를 모른 채, 그는 일단 일을 했다. 가장 윗선인 사장이 없어졌을 뿐, 그가 해야 할 일이 없어진 건 아니다. 물론 이 회사의 '진짜 일', 그러니까 유력자에게 여자애들을 대는 일은 사장이 전적으로 담당했으므로 그쪽은 신경 쓸 수 없었다.

그렇게 한창 일을 하던 중, 김현직의 휴대폰이 울렸다. 모르는 번호였다.

광고든 피싱이든 직업상 모르는 번호라도 전화를 받지 않을 수는 없었다. 그는 전화를 받았다.

"여보세요?"

"자네가 김현직인가?"

냅다 반말부터 하는 상대에게 반감 같은 건 느끼지 않았다. 그가 느낀 건 오히려 겁이었다. 왜 더럭 겁부터 먹었냐면, 어떤 예감이 들었기 때문이었다.

"내가 누군지는 비밀이네만, 이렇게는 말해두겠네. 자네 회사는 원래 이틀 전에 내게 이지희를 데려왔어야 했네."

김현직은 자신의 예감이 맞아들었음에 탄식했다. 사장이 하던 역할을 아마도 자신이 이어받게 되지 않을까, 하는 불길한 예감. 이런 예감만 맞아드는 건 운명의 장난일까, 악마의 수작일까.

"죄송합니다만 사장님, 저희 회사 사장님은……."

김현직의 말이 끝나기도 전에 전화기 맞은편에서 웃음소리가 들렸다.

"아니, 실례했네. 내가 말일세 오늘부로 사장이 됐거든. 자네야 버릇처럼 한 말이겠네만 말일세. 자네는 운이 좋은 남자로군. 마음에 들었어. 그 회사를 자네에게 넘겨주지."

달콤한 소리다. 위험할 정도로.

만약 이게 헛소리일지라도 그 소리를 들은 김현직의 입장에서는 목에 칼이 들어온 것 같은 위협감을 느꼈다. 그의 입이 바싹 말랐다.

"하, 하지만 이 회사 사장님은……."

"그는 없네. 어제 없어졌지."

김현직의 모골이 송연해졌다. 무슨 뜻일까. 추리하고 싶지 않았다. 그러나 자연스럽게 어떤 상상이 그의 뇌리를 사로잡았다.

"자네들이 이지희를 보내주질 않아서 여태 지난번에 보내준 아이로 즐기고 있네. 이 아이도 물론 마음에 드네만, 이대로라면 마약중독으로 폐인이 되어버릴 걸세."

전화기 너머의 목소리에 김현직은 문득 어떤 얼굴을 떠올렸다.

"…승이 말입니까?"

여승이.

그가 처음으로 처음부터 키워 데뷔시킨 솔로 가수였다. 물론 그가 키웠다고는 해도 어디까지나 매니저로서 일정 관리를 한 정도였지만, 그래도 애착이 가는 얼굴일 수밖에 없었다.

그 얼굴이 누군가와 점점 닮아가는 것처럼 느낀 건 언제일까. 그녀의 화장법, 패션, 몸매 관리, 그리고 성형에는 사장이 직접 손을 대었다.

'그래, 이지희.'

김현직은 뒤늦게 떠올렸다. 데뷔 직전의 '완성'된 여승이의 외모는 이지희와 흡사했다.

사장의 일이란 게 그런 거였다. 최고의 고객에게 최고의 여자를.

그러나 최고의 여자가 어디서 뚝 떨어지지는 않았다. 만들어내는 거였다. 고객의 취향에 맞도록 얼굴부터 몸매까지 뜯어고쳐 가는 거였다.

"이름이 그렇게 됐던가?"

그러나 그 결과가 이거다. 전화기 너머 목소리 주인의 취향에 완벽하게 맞췄을 터인 여자. 그녀의 이름을 그 주인은 기억도 하지 못한다.

하지만 이 목소리는 아까부터 말하고 있다.

이지희, 이지희… 라고.

"이 아이의 이름부터 대는 걸 보니 그녀도 자네가 키운 모양이로군. 애착이 있는 모양이야."

전화기 너머 목소리의 주인은 악마가 틀림없다. 김현직은 확신했다.

"어쨌든 나도 마음에 든 장난감이 망가지는 건 그리 원하지 않네. 그런 사태가 발생하지 않기 위해서는 어떻게 해야 하는지 알겠지?"

"……!"

아니나 다를까, 동요한 그의 내심을 눈치채기라도 한 건지 전화기 너머의 악마는 그의 약점을 정확히 파고들었다.

"C급 어벤저로 실패했단 소리는 들었네. B급 어벤저들을 준비해 주지. 자네 말을 듣도록 명령해 두었네. 지금쯤 도착했을 텐데……."

그와 동시에 사무실 문이 열렸다. 노크 소리는 물론, 발소리도, 인기척조차 없었다.

"김현직 사장님이십니까?"

문을 열고 들어온 남자에게서 대뜸 그런 질문이 날아들어 왔다. 그 목소리를 듣기라도 한 듯, 전화기 너머의 악마가 말했다.

"도착한 모양이로군. 좋아, 그럼 착수하게. 사흘 주겠네."

여기서 하지 않겠다고 대답했다면 빠져나올 수 있었을지도 모른다.

하지만 용기가 나지 않았다. 이 악마의 제안을 거부했다가 그의 운명은 어떻게 되는 걸까.

그는 이미 사장의 최후를 상상하고 말았다.

"사장으로서의 첫 일, 잘 해내길 바라네. 자네의 앞길에 무궁한 영광만이 있길."

실패하면 파멸뿐일 테니.

김현직에게는 그런, 실제로는 들리지도 않은 목소리가 환청처럼 들렸다.

*　　*　　*

최재철은 오늘도 오연화의 집에 와 있었다.

어째서 일이 이렇게 되었느냐를 떠올리자면, 사무실에서의 마지막 대화를 되새겨야 했다.

"농담입니다. 최재철 씨가 절 집까지 데려다줬다간 그것도 야근이 될 테니까요. 팀장이라는 것도 좋은 일만 있는 건 아니로군요."

현오준이 그렇게 말하며 웃었다. 자기 차례라며 나섰을 때는 소름이 돋았지만 농담이라 다행이었다. 웃을 마음이 별로 들지 않는 농담이었지만 분노보다는 안도하는 마음이 더 컸다.

"그럼 제 차례 맞죠! 그렇죠? 언니!"

"으, 응."

오연화의 말에 이지희는 마뜩찮은 표정으로 고개를 끄덕였다. 그런 두 사람 사이에 최재철이 끼어들었다.

"아니지, 이야기가 왜 그렇게 되지?"

"네?"

"다음은 당연히 내 차례… 아니, 이게 아니라, 내 맘이지!"

최재철이 누구와 함께 움직이냐는 당연히 그 자신이 선택해야 할 일이었다.

그럼에도 불구하고 오연화는 마치 배신당한 강아지 같은 표정으로 최재철을 바라보았다.

"와, 재미있어졌네요. 그럼 이제부터 형이 결정하는 건가요? 당연히 절 선택하시겠죠?"

왜 우리 팀 사람들은 이런 농담을 좋아하는 걸까. 최재철은 그런 소릴 한 구문효에게 대놓고 한숨을 내쉬었다. 그건 좀 나은 반응 축에 속했다. 오연화와 이지희는 아예 구문효를 노려보고 있었으니까.

"이렇게 하자."

아무 일도 없었던 것처럼, 최재철은 원래 하려던 말을 계속했다.

"지희가 연화를 집까지 데려다줘."

"네, 그렇게 할게요."

"아니, 그게 뭐예요?!"

최재철의 제안에 두 가지 상반된 반응이 돌아왔다. 격앙된 얼굴로 반발하는 오연화를 위해 최재철은 한 가지 더 제안했다.

"그럼 내가 지희를 연화네까지 데려다주지."

"그렇게 할게요!"

그렇게 셋은 같이 오연화네 집까지 왔다.

"오늘도 그냥 제 집에서 자고 가요, 언니! 아, 선생님도요!"

"지희는 그렇게 해. 날도 늦었고 차도 끊겼으니."

오연화의 고마운 제안에 최재철은 이렇게 말했다.

"엥? 그럼 선생님은요?"

"나는 볼일이 있어서 이만."

"이 새벽에 무슨 볼일이 있는데요?"

"그런 게 있어."

오연화의 추궁과 이지희의 시선에서 벗어나, 최재철은 잰걸음으로 오연화의 집에서 빠져나왔다.

잡아둬 봐야 소용없다는 걸 안 건지, 이번에는 잠금장치가 잠겨 있지 않은 채였다.

　　　　　*　　　　　　*　　　　　　*

　조상평은 머리를 긁었다.

　그는 B급 어벤저다. 특별한 존재라고 하기엔 조금 뭐 하지
만, 어디에나 널려 있을 만한 존재가 아니었다. 그가 괜히 대
기업에 입사한 게 아니었다.

　'인생 폈다고 생각했었지.'

　길드에서 기업이나 국가의 하청이나 받아가며 살아가던 때
와는 비교조차 할 수 없었다.

　지갑에 들어오는 돈도 단위가 다르다. 그야말로 벼락부자가
된 것 같았다.

　국내 최고의, 아니, 세계의 어벤저 산업을 선도하는 기업
WF. WF의 일원이 되자마자 주변에서, 특히나 가족부터 보는
눈이 달라졌다는 것을 느꼈다.

　출세했다. 그렇게 생각하기에 조금도 부족함이 없었다.

　'그런데 지금 내가 하고 있는 게 뭐지?'

　길드에서처럼 어보미네이션의 시체나 실어 나르는, 그런 이
름만 어벤저지 사실상 일용직 노동자가 다름없는 삶에서 벗
어나서 진정한 히어로가 될 수 있을 것이라고 생각했었다.

　일선에 나서 어보미네이션을 처치하고 사람들을 구하고 인

류 평화에 기여한다. 드디어 그런 일을 할 수 있다고 생각했었다.

하지만 지금 그가 하고 있는 건 그런 게 아니었다.

『귀환해서 복수한다』 3권에 계속…

초대형 24시 만화방

신간 100%, 샤워실, 흡연실, 수면실(침대석), 커플석, 세탁기 완비

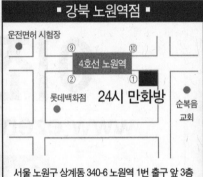

▪ 강북 노원역점 ▪

서울 노원구 상계동 340-6 노원역 1번 출구 앞 3층
02) 951-8324 (화용빌딩 3층)

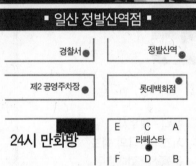

▪ 일산 정발산역점 ▪

라페스타 E동 건너편 먹자골목 내 객잔건물 5층
031) 914-1957

▪ 일산 화정역점 ▪

경기도 고양시 덕양구 화정동 984번지 서일빌딩 7층
031) 979-4874 (서일사우나 건물 7층)

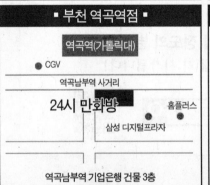

▪ 부천 역곡역점 ▪

역곡남부역 기업은행 건물 3층
032) 665-5525

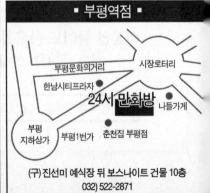

▪ 부평역점 ▪

(구)진선미 예식장 뒤 보스나이트 건물 10층
032) 522-2871

박선우 장편소설
FUSION FANTASTIC STORY

멋진 Wonderful
인생 Life

태어나며 손에 쥔 것이라고는 가난뿐.

그러나 내게는 온몸을 불사를 열정과
목숨처럼 소중한 사랑이 있었다.

『멋진 인생』

모두가 우러러보는 최고의 직장이자 가장 치열한 전쟁터,
천하그룹!

승진에 삶을 바친 야수들의 세계에서 우뚝 서게 되는
박강호의 치열하지만 낭만적인 이야기!

Book Publishing CHUNGEORAM

유행이 아닌 자유추구
WWW.chungeoram.com